Paul Verlaine

PARIS

LÉON VANIER, ÉDITEUR

19, QUAI SAINT-MICHEL, 19

—

1888

PAUL VERLAINE

Paul Verlaine

PARIS

LÉON VANIER, ÉDITEUR

19, QUAI SAINT-MICHEL, 19

1888

Banal comme l'amour, la mort et la beauté,
Marbre pur envolé de bannières de soie,
Au geste du Poëte un temple se déploie
Où s'exhale en amen toute l'humanité.

Banal comme l'amour, la mort et la beauté,
En cris d'ivresse, en fleurs de feu tonne et flamboie
Sous des nuages d'or fauve un jardin de joie
Où s'exhale en désir toute l'humanité.

Graves processions et vagues théories,
Des bosquets radieux aux voûtes assombries
Va, priant et riant, toute l'humanité :

Et vers le ciel penché sur cet éternel drame,
Banal comme l'amour, la mort et la beauté,
Monte l'accord d'un Psaume et d'un Epithalame.

CHARLES MORICE.

Par l'Intensité sincère de son Humanité, par sa communion perpétuelle avec les essences éternelles des choses et par le sens prodigieusement subtil qu'il a de la Simplicité, ce poëte à ceux qui savent l'aimer procure la sorte âpre et flatteuse de joie spirituelle qui témoigne qu'une BEAUTÉ NOUVELLE est révélée.

Mais cette beauté ne se communique point aux inattentifs ; elle n'est point « plaisante » puisqu'elle est « neuve », puisqu'elle n'est pas encore — dût-elle jamais l'être ! — une familière idole de la foule ; puisque, pour comprendre cette révélation, il faut d'abord écarter toute préférence d'habitude ou d'éducation. Sa simplicité même rebute le grand nombre, car elle n'est qu'un glorieux effort de dessiner par ses nuances, de préciser par ses harmonies les plus intimes, les plus proches (spéciales et c'est dire, pour la majorité des hommes, les plus lointaines) l'Idée. — Avec un poëte tel que celui-ci, absolu, — ou maudit, comme il dirait lui-même, — tout beau premier lecteur, s'il veut jouir pleinement de l'œuvre, ne doit pas rêver de l'entreprendre au hasard et tout de suite : à qui vient des brutalités de midi les douceurs du clair-obscur sont des ténèbres, et comment pourraient des oreilles assourdies par de confuses clameurs entendre une gamme mineure? Il faut l'interruption des soucis bruyants, le silence, les paupières baissées, — une initiation, pour peu à peu se faire à l'atmosphère du poëme, apprendre à ne rien perdre des détails afin de saisir l'ensemble et bientôt se complaire avec l'extraordinaire artiste aux surprises successives de suggestives méprises.

N'est-il pas admirable que, malgré tant de délicatesses, Paul Verlaine ne soit pas inconnu entre les poëtes? Car il est, en dépit de l'injustice contemporaine, en dépit même de lui-même, — car nul moins que lui ne soigna sa gloire, — l'objet d'une curiosité bien ou malveillante, — mal plutôt, il est vrai. Sauf, sans doute, cette rare portion du public, la plus petite, la plus exquise aussi, l'œuvre, pourtant, du poëte est inconnue : mais partout on s'accoutume à saluer d'un étonnement hostile son nom qu'environnent des légendes.

Peut-être est-ce, de la part des gens, la plus décente attitude et la plus désirable. — On n'y prétend rien changer. On veut seulement peindre ce poëte, faire l'analyse de son œuvre et indiquer comment s'y spécialise le génie moderne.

HOMO DUPLEX

I

Au lieu de l'être en témoin, comme c'est le rôle des écrivains seulement artistes, Verlaine est moderne en héros. Son œuvre et sa vie se confondent en l'action dramatique d'un seul réel personnage aux prises avec des fantômes dans des décors changeants : le poëte et les spectres de ses passions. Son œuvre n'est que l'ombre de son âme.

De toute nécessité faut-il donc, pour entendre ce poëte, connaître cet homme, — connaître sinon l'histoire de sa vie, une intense tragédie que l'œuvre nous livre au jour le jour des joies et des douleurs, au moins sa vérité individuelle d'âme et de visage.

Plus violemment jamais certes visage humain n'exprima l'appétit de toutes les inconciliables jouissances. L'impossibilité même de les concilier est virtuellement abolie par la contradictoire construction de cette étrange tête où les instruments de l'activité matérielle et ceux de l'activité spirituelle obtiennent, les uns et les autres, un extrême développement : un front très haut, très large, qui domine comme un dôme tout le visage assis carrément sur de puissantes mâchoires, — un front de cénobite rêveur, un front façonné aux amples théologies, — des mâchoires de barbare, faites pour assouvir les plus voraces faims. — Cet antagonisme de l'esprit et de la chair, cette si vulgaire caractéristique humaine qui se rehausse en Verlaine par l'intensité, c'est l'explication de toute son humanité : sa raison et son instinct ne cessent de réclamer chacun sa part, impérieusement, et la part de chacun c'est seulement tout ; la raison et l'instinct s'érigent en maîtres absolus. sans souffrir ni change, ni partage, ni retard, — les autres traits l'indiquent : anguleux, comme précipités. Et c'est une bataille abandonnée aux hasards des batailles par la volonté débile, car le menton est bref, presque fuyant, sans guère de prise pour le dessein, tandis que le nez — court et large, aventureux comme un nez de Pierrot — reste indifférent, et que les yeux, clignotants parfois pour soudain éclater profonds et noirs, abusent de leur licence de luire vers en haut et vers en bas, aussi volontiers s'illuminant aux clartés du plus pur mysticisme qu'aux ardeurs des plus sensuelles amours.

Cette sorte d'*unité double* de Verlaine — car il est tout entier dans sa raison comme il est tout entier dans son instinct — se déduirait (toute puérilité risquée) des deux ressemblances qu'il évoque : Socrate et Bismarck (1). La Spé-

(1) La seconde de ces ressemblances est plus vraie au passé qu'au présent. La première s'affirme toujours davantage ; je par-

culation et l'Action. Et n'est-ce pas un « spéculatif actif » ?
N'est-ce pas dans la vie qu'il cherche la solution du problè-
me de la Vie ? Est-ce autre chose, son œuvre, que le retentissement immédiat et direct de ses passions ? Il trouble et
confond les deux domaines : ce sont ses nerfs et son sang
qui spéculent, c'est son esprit qui agit. Il fallait donc qu'il
eût ce front vaste du maître de Platon, avec les yeux vifs
et p.tits et le nez presque épaté, et il lui fallait aussi, avec
sa construction massive, l'expression volontaire et concentrée (*innamovably centres*, dit Emerson) du chance-
lier de fer, — comme à un homme instinctivement rué à
maîtriser l'action et rationnellement voué à régner dans
l'empire des esprits : mais, par une suprême logique, le
menton dominateur de l'homme d'Etat manque au poëte,
comme à un homme étranger aux ambitions, aux affairés,
assez occupé du drame personnel où il joue le principal
rôle, comme à un homme rapide et tendre, incapable de
vouloir longtemps la même direction et tour à tour tout
entier asservi à ses mâchoires ou à son front.

Que — tel — Verlaine soit extraordinairement beau,
ceux-là le comprendront qui savent que la Beauté humaine, — du moins la moderne Beauté humaine, consiste en
une certaine harmonie des traits avec leur expression,
qu'il n'y a point de *type* de Beauté, que la Beauté moderne est de physionomie bien plutôt que de traits. Ceux
qui savent cela comprendront qu'on parle de l'effrayante

lais d'un Pierrot, c'est Pierrot socratique qu'il faut dire. — Voyez
le portrait si artistique et très fidèle que David Estoppey a dessiné
et Maurice Baur, gravé pour ce livre.

beauté d'une tête sans grâces et de traits notoirement
irréguliers. — Il y a de l'orgueil physique dans cette tête,
une inconsciente fierté de sa force, une « force de la
terre », comme disent les Russes. Et l'intensité de l'expression, qu'elle soit de violence, de douceur, d'espoir, de
renoncement ! C'est toute une synthèse d'humanité,
mais, — notons ce point essentiel — c'est l'humanité
d'un homme, si viril qu'il soit, resté enfant, resté rebelle
aux appels sur les hauts chemins de pure spiritualité et qui
voudrait, en dépit des vocations mystiques d'une part de
son être, s'en tenir aux joies des sensualités, — puériles.

L'âme d'un immortel enfant, c'est, en effet, l'âme même
de Verlaine, avec tous les bénéfices et tous les dangers
d'être cela : avec les prompts désespoirs facilement dis-
traits, les grandes gaîtés sans grands motifs, les défiances
et les confiances excessives, les volontés tôt lasses et les
sourds et aveugles entêtements, — surtout, avec le perpétuel renouveau des impressions dans l'incorruptible in-
tégrité de la vision, de la sensation personnelle. Les années, les influences, les enseignements peuvent passer sur
un tel tempérament, et l'irriter, et le fatiguer : le trans-
former, jamais, — jamais même seulement altérer cette
unité particulière qui consiste en une dualité, en le partage de ses forces au goût du mal et à l'adoration du bien,
— ou plutôt en cet antagonisme, déjà noté, de l'esprit et
de la chair. Les autres hommes « arrangent » leur vie,
prennent un parti, suivent une route : Verlaine s'attarde
à ce choix qui lui semble monstrueux, car, avec l'intégrale
naïveté de l'irréfutable vérité humaine, il ne peut se ren-

dre, si forte que soit la doctrine, si pressante que soit la passion, à la nécessité de sacrifier l'une à l'autre, et de l'une à l'autre il oscille sans repos. — Or, toujours plus urgent se fait le choix à mesure que « le temps mange la vie » (1); cependant qu'on tergiverse « Dieu parle, il faut qu'on lui réponde » (2) ; *les baisers et les combats* ont tout dévoré, *les faux beaux jours* ont tout ravagé.

Et vraiment, quand la mort viendra, que reste-t-il ?

Et le « cœur enfantin et subtil » (3) se consume à l'effervescence de l'initial désir exalté par le temps, et qui affirme par son propre fait l'irresponsabilité de son audace :

> Avec l'irresponsable audace d'un Hercule
> Dont les travaux seraient fous nécessairement.

Elle est quoi, cette audace, sinon l'élan naturel d'un esprit et d'un corps se sachant dédiés aux Joies, aux Douceurs et les cherchant avec cette sorte d'aveugle clairvoyance, cette frénésie primitive de l'Absolu, signes d'éternelle enfance ? Mais tandis que le cœur se consume, la volonté s'use, entamée par un effort déjà long de vivre, corrompue par une déjà longue succession de défaites ; elle laisse l'imagination s'éprendre à des rêves d'horrible beauté, fût-ce à la chimère de rompre enfin le duel du Mal et du Bien en idéalisant le Bien dans le Mal (4). Et bientôt l'âme errante, l'âme chavirée, se désabusant même de ce dernier leurre, serait à la merci des bouillons de la bile et des va-

(1) Baudelaire.
(2) Musset.
(3) Verlaine.
(4) *Crimen amoris.* (Jadis et Naguère.)

peurs du sang, si de temps en temps les coups de foudre
de la Douleur ne lui faisaient une rédemption. Suscité
brusquement alors de sa torpeur mortelle, le poëte s'a-
genouille et prie, et si la vieille folie le sollicite encore aux
vieux errements et lui murmure :

> N'as-tu pas, en fouillant les recoins de ton âme,
> Un beau vice à tirer comme un sabre au soleil ? —

il lui répond, détourné d'elle vers le soleil mystique :

> Sagesse humaine, ah ! j'ai les yeux sur d'autres choses !

A ce mode de vivre de crises, au moins gagna-t-il d'ignorer l'ennui. Le chagrin, la tristesse, le désespoir même et
jusqu'à la douleur langoureuse qui *pleure comme il pleut*,
soit : mais l'ennui, c'est-à-dire la paresse ou l'impuissance
de jouir et de souffrir, le vide du cœur ? Il n'a pas eu le
temps !

On n'a point à faire ici l'histoire de sa vie ; pourtant ce
ne serait pas un récit monotone. C'est une indéfinie succession d'accidents bizarres, de changements de direction à
la poursuite de divers bonheurs : le rêve de la gloire, le
rêve de l'amour et le rêve aussi, chrétien, du salut. Je crois
bien que, seul, le rêve de la richesse a laissé Verlaine in-
souciant. Il est sans doute superflu de noter son essence
raffinée, — et ce mot ne signifie pas tout ce qu'il faudrait ! — mais ses goûts sont d'une parfaite simplicité.
Il préfère, certes, la banlieue à la ville et la campagne
à la banlieue. Il se passe sans peine de tout luxe qui n'est
ni substantiel, ni artistique et se sait trop difficile pour
essayer de se contenter. Mais peut-être les habitations

— par exemple — plus que médiocres où le relèguent parfois les vicissitudes de sa fortune ne sont-elles pas telles à ses yeux : don Quichotte jusqu'en cela ! Car il faut signaler ce caractère le plus particulier de son attitude extérieure : ce poëte est un essentiel don Quichotte. Pour quelque tort à redresser il a jeté sa vie

> Partout où l'on bataille et partout où l'on aime.

Poëte, il s'est bellement escrimé pour les maîtres qu'il avait choisis et il n'a point négligé d'offrir la palme consolante de ses vers aux grandes douleurs que l'heure méconnaissait (1); homme, il s'est enthousiasmé pour toutes les libertés, sacrifiant bien des intérêts aux libertés politiques auxquelles il crut un jour et revendiquant par sa vie même, au risque de tous les dangers, la liberté, pour l'individu, de vivre libre dans une société libre. — Ce donquichottisme n'est point une inconséquence dans ce tempérament irrésistiblement efforcé vers la Joie Plénière : comme les enfants et comme certaines femmes très femmes, Verlaine ne peut rien faire que par passion, par la nécessité de se dépenser en une activité, par le désir d'une jouissance, de la jouissance au moins de se sentir vivre. Or vit-on jamais plus intensément qu'alors qu'on s'enivre à la pensée d'un dévoûment ? — Il obéit donc, jusqu'en ces oublis de soi, aux lois premières de l'originelle nature. Tel et toujours identique avec lui-même nous le verrons dans l'à peu près constante occupation de soi qui fait le fond de

(1) Voyez dans SAGESSE les vers sur la mort du jeune prince Napoléon :

> Prince mort en soldat à cause de la France...

son œuvre : tout le secret de l'extraordinaire sincérité d'humanité que je signalais d'abord est sans doute dans cette exclusive domination de la passion fatalement égoïste.

D'ailleurs, — comme il est « juste », n'est-ce pas ? — cette sincérité a tous les malheurs pour loyer. De bonne heure un pressentiment en avertissait le poëte : il devinait « un avenir solitaire et fatal ». Mais quand sonna l'heure triste — sauf la première révolte et ses possibles retours — il n'en garde qu'un étonnement douloureux, vraiment le douloureux étonnement d'un enfant victime d'une injustice. Ecoutez ce que Gaspard Haüser chante :

> Je suis venu, calme orphelin,
> Riche de mes seuls yeux tranquilles,
> Vers les hommes des grandes villes :
> Ils ne m'ont pas trouvé malin.
>
> A vingt ans un trouble nouveau
> Sous le nom d' « amoureuses flammes »
> M'a fait trouver belles les femmes :
> Elles ne m'ont pas trouvé beau.
>
> Quoique sans patrie et sans roi
> Et très brave, ne l'étant guère,
> J'ai voulu mourir à la guerre :
> La mort n'a pas voulu de moi.
>
> Suis-je né trop tôt ou trop tard ?
> Qu'est-ce que je fais dans ce monde ?
> O vous tous, ma peine est profonde !
> Priez pour le pauvre Gaspard.

Entendez-vous sangloter l'âme de l'immortel enfant ?

Voyez-vous se pencher la tête de l'homme qui a tout cherché dans la vie et n'y a rien trouvé et retombe en lui-
même, abandonné à lui-même entre la terre et Dieu ? Pourtant il reviendra à la terre, pourtant il retournera à Dieu·

Et telles sont cette tête et cette âme destinées à tout
vouloir, prémunies contre tout renoncement par l'inéluc-
table nécessité de la satisfaction, terriblement armées
pour la conquête — impossible — des deux mondes.

II

Pourquoi un tel homme écrit, le lecteur des précédentes
pages le dirait pour nous : par activité vitale, comme il
aime, comme il lutte, pour s'ajouter un domaine ou pro-
longer le retentissement des baisers et des combats.

Il est imprévu qu'un mot de M. Taine (1) à propos de
lord Byron semble avoir été dit pour le poëte de SAGESSE :

« A défaut d'actions il avait les rêves et il ne se rédui-
sait aux rêves qu'à défaut d'action. »

Verlaine écrit « par trop plein, par passion, par entraînement », comme Byron : mais, tandis que celui-ci prétend se fuir en ses vers, c'est soi-même que Verlaine cherche à poursuivre, à retenir, — soi-même et les prétextes
de ses joies et de ses douleurs. Il doit donc écrire *nécessairement*, comme il *vit*, et c'est comme il vit aussi,
fiévreusement, qu'il doit écrire.

Cette observation détermine et l'objet et le procédé de
son art.

(1) HISTOIRE DE LA LITTÉRATURE ANGLAISE.

2

Quel autre objet pouvait élire cet exclusif amant de la vie que la vie elle-même, et la vie telle qu'elle est, faite du goût de jouir et de la peur de souffrir, de l'idolâtrie des apparences et de l'adoration de l'au-delà, la vie même médiocre et qu'il aime pour ses médiocrités mêmes, pour ses grâces précisées, fatales, finies, déjà vues, mais qu'il rénove ? Son atmosphère est de passion vitale : comment échapperait-il à son atmosphère ? Et c'est peut-être comme un ragoût à cette passion qu'il y ajoute l'horreur du péché. Mais à cette horreur il s'est pris et maintenant il porte le poids du ciel bas et lourd, rétréci, déteint, pétrifié, des basiliques aux symboles défunts, de ce ciel de sacristie — hélas ! — où la peur seule heurte et brise les ailes de la pensée qui s'y dilatait dans l'aube du Moyen-Age : quand les pluies de ce ciel, plus large alors et plus bleu, faisaient lever en foule du jardin de la terre ces fleurs spirituelles, les âmes des saints et les génies des docteurs. Quoi qu'il fasse, le poëte ne peut rajeunir ce ciel désenchanté ; emporté par sa nature aux extrémités, comme il oscillait des voluptés aux renoncements, il oscille encore, dans le renoncement même, des plus rebutantes sécheresses jansénistes aux plus molles langueurs molinistes ; il ne fait pas difficulté de s'avouer qu'il est à l'étroit dans cette heure « d'esprit charnel et de chair triste », une instinctive récurrence lui sourit vers ce Moyen-Age où il eût dû naître : et de l'angoisse de ne pouvoir se maintenir dans une fixe contemplation des choses éternelles sa poésie comme sa vie se laisse rentraîner au pourchas des belles choses qu'on ne voit pas deux fois.

Pour son procédé, — l'écriture en fièvre, — il n'est
autre que la plus *simple* notation de la vérité la plus intime par les ressources que le poëte puise en ses qualité de
chanteur-né moderne. — Ayant le double don (*inné*) de
l'image et de l'harmonie, il sent, pendant l'espérance ou le
souvenir, dans ses sens et dans son esprit ces puissances de
peindre ou de chanter s'agiter autour de l'acte — quel qu'il
soit — dont il attend ou dont il obtint une joie, et il se
laisse bercer à ses musiques, séduire à ses visions intérieu-
res, à tous les divins mirages artistiques qui peuvent prolon-
ger cette joie. De là ces langueurs, ces cajoleries de syllabes, ces tendresses énervantes, ces mots tels que des ca-
resses, ces retentissements de sonorité épuisants comme
des baisers lents : ce sont, pour lui, autant de moyens d'at-
teindre ou de ressaisir « les minutes heureuses » ; ce sont,
pour nous, autant de suggestions qui parfois, puis-je dire,
violent notre âme jusqu'à nos sens. Et je ne pense point
qu'on juge difficile de concilier ces raffinements d'un art
délicieusement pourri avec cette jeunesse invétérée, cette
enfance où j'ai tant insisté : Verlaine — et c'est la qualité maîtresse de son génie — est subtilement simple comme fut notre Moyen-Age, — sa patrie naturelle dans le
temps. C'est parmi les artistes des XVe et XVIe siècles qu'il
faudrait chercher des émules aux plus chantourneurs des
Parnassiens, et c'est à Villon qu'on a très justement com-
paré Verlaine (1).

Toutefois, son œuvre n'a pas dès les premières pages
un si net caractère individuel. Elle s'essaie d'abord en des

(1) J.-K. Huysmans : A REBOURS.

virtuosismes où le maître futur çà et là se décèle, mais
non sans laisser surprendre d'étrangères influences. La
personnalité réelle du poëte n'éclate qu'avec les Romances
sans paroles : elle s'exalte en Sagesse et en quelques mi-
raculeux poëmes de Jadis et Naguère.

Il est curieux de suivre en ces livres la boiterie du poëte,
au gré de l'homme, entre le sensualisme et le mysticisme.
Mais ici écoutez-le temporiser et subtiliser avec lui-même
et voyez par quel singulier pacte il fait intervenir la paix
dans le conflit de ses deux contradictoires idéals. — Paul
Verlaine parle de Pauvre Lélian (1) (ou Pauvre Lélian de
Paul Verlaine) :

« Son œuvre se tranche, à partir de 1880, en deux parties bien distinctes et le prospectus de ses livres futurs indique qu'il y a chez lui un parti pris de continuer ce système et de publier sinon simultanément (d'ailleurs ceci
ne dépend que de convenances particulières et de moment
et sort de la discussion), du moins *parallèlement*, des
recueils d'une absolue différence d'idées ; pour bien préciser, d'une part des vers ou de la prose où le catholicisme
déploie sa logique et ses illécébrances, ses blandices et
ses terreurs, et « ces horreurs » dont parle Bossuet, d'autre part des productions purement mondaines, sensuelles,
avec une pointe d'ironie mauvaise et de sadisme plus qu'à
fleur de peau. — Que devient dans tout ceci, dira-t-on,
l'unité de pensée ? Mais elle y est ! Elle y est, au titre
humain, au titre catholique, ce qui est la même chose à

(1) Les Poëtes Maudits, 2ᵉ *série*, *Pauvre Lélian* (anagramme de
Paul Verlaine).

nos yeux. *Je crois et je pèche* par pensée comme par action ; *je crois et me repens* par pensée. Ou bien encore, je crois et je suis bon chrétien en ce moment, je crois et je suis mauvais chrétien l'instant d'après. Le souvenir, l'espoir, l'invocation d'un péché me délectent avec ou sans remords, quelquefois sous la forme même d'un péché, et muni de toutes les conséquences du Péché le plus souvent, tant la chair et le sang sont forts, naturels et animals: Tels les souvenirs, espoirs, invocations du beau premier libre-penseur. Cette délectation, moi, vous, lui, écrivain, il nous plaît de la coucher sur le papier et de la publier plus ou moins bien ou mal exprimée ; nous la consignons enfin dans la forme littéraire, oubliant toutes idées religieuses ou n'en perdant pas une de vue : nous condamnera-t-on comme *poëte !* Cent fois non. — Que la conscience du *catholique* raisonne autrement ou non, la chose ne nous regarde en rien. — Maintenant, les vers catholiques de Pauvre Lélian couvrent-ils littérairement les autres vers ou ceux-ci, ceux-là et les deux groupes forment-ils un ensemble bien homogène ? — Cent fois oui. — Le ton est le même dans les deux cas, — style, habitudes, attitudes. — Grave et simple ici, là fiorituré, languide, énervé, rieur et tout, mais le même ton partout, comme l'HOMME mystique et sensuel reste l'homme intellectuel toujours dans les manifestations diverses d'une même pensée qui a ses hauts et ses bas. Et notre auteur se trouve très libre de faire des volumes de seule oraison en même temps que des volumes de seule impression, de même que le contraire lui serait des plus permis. »

En somme, Verlaine n'a pris cet arrangement que sur le tard, par mesure d'ordre, un peu artificiellement, pour la galerie, — peut-être aussi pour tranquilliser sa conscience de poëte — sinon de catholique. C'est un système, c'est l'unification d'une impulsion double. Mais ce qu'il nous importe de retenir, c'est l'aveu qu'il nous fait lui-même de cette double et *parallèle* impulsion dont son esprit suit, passivement presque, le cours, et comment, dans ce contrat assez chimérique, ne pas sentir les trépidations de cette humanité entière qui voudrait avarement remplir ses deux et contradictoires destinées ? Verlaine est homme avant d'être poëte : c'est seulement par excès d'activité, par intensité d'humanité qu'il est poëte. Croirait-on pas, à lire sa « déclaration », qu'un jour il ait constaté que sa vie se consume dès longtemps en des efforts qui se nient, qu'instruit par l'expérience il désespère de sa propre persévérance finale en aucune des deux voies et qu'il se décide à laisser tout à toujours en l'état actuel, concluant à la perpétuation du suspens : à l'éternisation d'un duel où chacun des deux adversaires aurait, rhythmiquement, l'avantage ?

L'ŒUVRE

I

Il ne s'était pas encore trouvé, il s'astreignait aux formalités des poëtes impeccables... (1)

(1) « Les impeccables, ce sont... tels et tels. Du bois, du bois

C'était cette période, qui nous apparaît charmante, où Mallarmé, Villiers de l'Isle-Adam, Verlaine, Dierx, Hérédia, Silvestre, France — sous la quadruple maîtrise de M. Leconte de Lisle et Théodore de Banville toute proche, et de Théophile Gautier et Charles Baudelaire un peu plus lointaine, — avaient pour camarades sur les bancs de l'école parnassienne MM. François Coppée et Sully Prudhomme qui sont à l'Académie. M. Catulle Mendès s'employait à congréger les éléments du groupe qu'il synthétisait à merveille en son talent si prodigieusement divers. En ce temps il s'agissait, Dieu merci! d'art pour l'art, et l'œuvre excellente des Parnassiens fut de redresser, de fortifier et d'affiner la poétique française, de la défendre contre les indignes successeurs de Lamartine et de Musset et contre Victor Hugo lui-même.

Tout de suite Verlaine fut une des têtes de la jeune école. Par l'esprit, il se réclama surtout de Baudelaire dont il devait être l'unique héritier (1). Mais pour la forme c'est de Leconte de Lisle que Verlaine fut d'abord l'élève. Il lui prit toute la livrée d'exotisme védique : le Kchatrya, la Ganga, l'excellent Rama, Raghû et Bhagavat lui-même et toute la livrée d'archaïsme hellénique : l'Hellas, Spartè,

et encore du bois. » P. Verlaine, 1884 ! Mais les POÈMES SATURNIENS parurent en 1867.

(1) C'est probablement à *l'épigraphe pour un livre condamné* que Verlaine emprunte le titre de son premier livre, ¡LES POÈMES SATURNIENS :

> Lecteur paisible et bucolique,
> Sobre et naïf homme de bien,
> Jette ce livre *saturnien*,
> Orgiaque et mélancolique.

Orpheus, Alkaïos, Hector, Odysseus, Akhilleus et Homé-
ros lui-même. Surtout il se soumit à cette impassibilité,
laquelle était alors de commandement dans l'entre-sol de
Lemerre :

> A nous qui ciselons les mots comme des coupes
> Et qui faisons des vers émus très froidement...
> Est-elle en marbre ou non, la Vénus de Milo ?

Tout cela sent, il est vrai, quelque peu l'appris, le
voulu, trahit le discipulat, et dès son premier livre
il semble que cet impassible manifeste un singulier amour
pour les choses modernes que le maître dédaignait, — non
pas toutefois pour les choses elles-mêmes évidentes et pal-
pables qui tenteraient une description, mais plutôt pour
l'atmosphère et le sentiment de ces choses qu'on suggère-
rait. Une âme d'homme moderne ému par toutes les modernes causes de trouble palpite à travers des vers même
un peu vides, ici et là, de pensée.

L'attente, la vigile du malheur donne le ton de ce livre
éclos sous le signe Saturne,

> Fauve planète chère aux nécromanciens.

Cela s'ouvre par de la joie déjà au passé :

> Tout enfant, j'allais rêvant Ko-Hinnor,
> Somptuosité persane et papale,
> Héliogabale et Sardanapale...
>
> Aujourd'hui plus sage et non moins ardent,
> Mais sachant la vie et qu'il faut qu'on plie,
> J'ai dû refréner ma belle folie...

Et les vers fluent, souvent ardents et fous, plus souvent

assombris, tristes et qui parlent de « détresse violente ».
Parfois décidément le spectre de l'avenir se dresse :

> Lasse de vivre, ayant peur de mourir, pareille
> Au brick perdu, jouet du flux et du reflux,
> Mon âme pour d'affreux naufrages appareille.

Mais la plus particulière note de cette œuvre de début
est dans certaines sensations de spiritualité matérielle ou
d'« esprit charnel, » alors inouïes, en certaines âpres moi-
teurs de peau, senteurs de chair, qui s'édulcorent mysti-
quement. Lisez *Mon rêve familier*, lisez surtout *Marco* :

> Quand Marco passait, tous les jeunes hommes
> Se penchaient pour voir ses yeux, des Sodomes
> Où les feux d'Amour brûlaient sans pitié
> Ta pauvre cahute, ô froide Amitié;
> Tout autour dansaient des parfums mystiques
> Où l'âme en pleurant s'anéantissait,
> Sur ses cheveux roux un charme glissait,
> Sa robe rendait d'étranges musiques
>   Quand Marco passait...
>
> Quand Marco dormait, oh! quel parfum d'ambre
> Et de chair mêlés opprimaient la chambre!
> Sous les draps la ligne exquise du dos
> Ondulait et dans l'ombre des rideaux
> L'haleine montait, rythmique et légère;
> Un sommeil heureux et calme fermait
> Ses yeux et ce doux mystère charmait
> Les vagues objets parmi l'étagère.
>   Quand Marco dormait.

Ce n'est d'ailleurs qu'un pressentiment ; Verlaine ne se
possède pas encore tout entier et sans doute il n'a voulu,
en ces POÈMES SATURNIENS, qu'accomplir son chef-d'œuvre
d'ouvrier. Aussi est-ce par la forme surtout que ce livre

vaut : dans un art très connu et limité il n'y a rien de mieux fait que *Jésuitisme*, *La chanson des Ingénues*, *Il Baccio*, *Dans les bois*, *César Borgia* et l'*Effet de nuit*, des *Eaux Fortes*. Les *Paysages tristes* présagent des tentatives nouvelles, surtout le *Rossignol* :

> Comme un vol criard d'oiseaux en émoi,
> Tous mes souvenirs s'abattent sur moi,
> S'abattent parmi le feuillage jaune
> De mon cœur mirant son tronc plié d'aulne
> Au tain violet de l'eau des Regrets...

En somme, ce sont surtout d'exquis ragoûts de mots, des phrases, à coup sûr, « rhythmiques, extrêmement rhythmiques » et rien de plus, sans cohésion, sans fin commune, au hasard de la fantaisie d'un poëte qui n'est réellement épris que de la réalité. — Dans la même formule esthétique, pourtant, Verlaine a fait LES FÊTES GALANTES, un rêve de pur poëte, le chef-d'œuvre du Parnasse.

II

Celle-ci est l'œuvre toute une, — jusqu'en ses soucis formalistes que nécessitait une poésie ainsi Pompadour. C'est le livre le plus célèbre de Verlaine, celui, je pense, dont il regretta plus tard les « vers sceptiques et tristement légers (1). » Mais ils sont le sublime du joli, ces vers que le récent converti déplorait, ils renouent — par Banville, de qui d'ailleurs ils évoquent le souvenir, non pas l'imitation, — la tradition du « bon » goût français

(1) Préface de SAGESSE.

(je dis celui d'avant les chemins de fer). — Imaginez
dans un parc de Watteau, peut-être dans le *Jardin
d'amour* de Rubens, de beaux groupes de jeunes hommes et de jeunes femmes assemblés pour écouter en de
nonchalantes attitudes quelque Décaméron, ou bien deux
par deux, selon le rite, s'en allant sous les bosquets aux
ténèbres étoilées de lucioles. Ce sont de grandes dames en
fête, des marquis aux perruques de travers et des petits
abbés qui divaguent,

> Trompeurs exquis et coquettes charmantes,
> Cœurs tendres, mais affranchis du serment.

Et l'on boit du vin de Chypre à quoi la nuque de Ca-
margo est absurdement préférée ! — Les amoureux don-
nent à leurs belles des parades où Pierrot, Cassandre, Ar-
lequin et Colombine cambrent leurs silhouettes comiques
et fines. Délicats rires interrompus parfois, — rarement,
par un peu de mélancolie en sourdine : car toujours ne
faut-il pas qu'un pauvre poëte, qui sait trop le chimérique de tout cela, s'invente un asile de tristesse dans le
parc en joie ? Et tout cela en effet, c'est l'instant bref d'un
amour heureux ; l'amour va tomber par terre et voyez ce
vieux faune en terre cuite qui rit méchamment au centre
des boulingrins,

> Présageant sans doute une suite
> Mauvaise à ces instants sereins
> Qui m'ont conduit et t'ont conduite,
> Mélancoliques pèlerins,
> Jusqu'à cette heure dont la fuite
> Tournoie aux sons des tambourins.

Bientôt le jardin d'amour et de printemps s'envieillira d'hiver et les amants, gais hier, marcheront comme des spectres dans les allées jonchées de feuilles mortes en se disant de tristes paroles :

> Ton cœur bat-il toujours à mon seul nom ?
> Toujours vois-tu mon âme en rêve ? — Non.

Mais, pour l'heure, tout est à la joie et c'est une joie d'autant plus folle que — plus sage ! — elle compte moins sur demain. Les amants menacent, s'ils ne sont écoutés, de se donner de grands coups d'épée, on épuise avec une exactitude spirituelle toutes les stations du pays de Tendre et

> Les donneurs de sérénades
> Et les belles écouteuses
> Echangent des propos fades
> Sous les ramures ombreuses.

Patrie de rêve que ce XVIIIe siècle de comédie, — comparable à cette Italie du XVe qui servit tant de décor aux romantiques. Et combien plus finement artistique, ce petit monde de Verlaine que celui de Musset ! Combien plus féerique à la fois et plus vrai ! La femme y est plus femme, encore qu'elle néglige de s'écheveler vers des cieux sanguinolents, — comme sous cette adoration espiègle qui la lutine et la flatte on sent un amour d'hommes plus hommes quoique leurs épées soient en pâte et qu'ils manquent de fioles de poison. Il n'est point si doux, le type d'idéal féminin que dégagent tous ces madrigaux : c'est « une belle enfant méchante » qui

> Preste et relevant
> Ses jupes,
> La rose au chapeau,
> Conduit son troupeau
> De dupes.

Et n'est-elle pas immémorialement vieille, cette enfant? On dirait, ces femmes, qu'elles savent des secrets interdits à leurs compagnons de plaisirs : parfois elles laissent pressentir un peu de leur science et alors un frisson s'insinue entre tant de jolies joies, — quelque chose de la terreur mystérieuse dont tremble, au souffle de certains moments trop d'accord avec elle, l'homme devant la femme :

> Le soir tombait, un soir équivoque d'automne.
> Les belles, se pendant rêveuses à nos bras,
> Dirent alors des mots si spécieux tout bas
> Que notre âme depuis ce temps tremble et s'étonne.

Cet étonnement qui laisse frémissants les Ingénus donne une allure dangereuse au capuce de Cassandre, les gestes de Scaramouche et de Pulcinella en deviennent diaboliques et ce peu de noir se mêle sans s'y noyer aux tons roses qui dominent dans ce poëme dédié à toutes les femmes en une : elle rêverait, alanguie par l'après-midi d'été, aux choses douces de l'amour — sans ignorer qu'il en a d'amères, — et c'est dans son âme qu'on donnerait ces parades, ces sérénades, — toute cette fête aux si légers dehors, au fond si sérieux :

> Votre âme est un paysage choisi
> Que vont charmant masques et bergamasques,
> Jouant du luth, et dansant, et quasi
> Tristes sous leurs déguisements fantasques.

Tout en chantant sur le mode mineur
L'amour vainqueur et la vie opportune,
Ils n'ont pas l'air de croire à leur bonheur
Et leur chanson se mêle au clair de lune,

Au calme clair de lune triste et beau
Qui fait rêver les oiseaux dans les arbres
Et sangloter d'extase les jets d'eau,
Les grands jets d'eau sveltes parmi les arbres.

Il n'y a guère qu'EMAUX ET CAMÉES à quoi comparer LES FÊTES GALANTES ; sans aucune communauté de sujets, les deux œuvres, du moins pour certaines délicatesses, s'avoisinent. Mais Verlaine, nerveux et inquiet, saisit et trouble autant que le lymphatique Gautier laisse calme un lecteur dont il ne réclame que des battements de mains. Dès LES FÊTES GALANTES, d'ailleurs, Verlaine est profondément atteint de l'influence baudelairienne. N'est-ce pas dans la doctrine swvédenborgienne (1) et baudelairienne (2) des Correspondances qu'ont leur fondement les délicieuses équivoques des ROMANCES SANS PAROLES ? Elles s'annonçaient et s'essayaient dans la pièce des *Fêtes* intitulée d'abord *Galimatias double*, puis *A Climène* :

Mystiques barcarolles,
Romances sans paroles,
Chère, puisque tes yeux
Couleur des cieux,

(1) « Le spirituel tend à se revêtir du naturel comme d'un habit. »
(2) Les parfums, les couleurs et les sons se répondent...
Il est des parfums...
Qui chantent les transports de l'esprit et des sens.

Puisque ta voix, étrange
Vision qui dérange
Et trouble l'horizon
De ma raison,

Puisque l'arome insigne
De ta pâleur de cygne
Et puisque la candeur
De ton ardeur,

Ah ! puisque tout ton être,
Musique qui pénètre,
Nimbes d'anges défunts,
Tons et parfums,

A sur d'almes cadences
En ses correspondances
Enduit mon cœur subtil,
Ainsi soit-il !

Par de telles nouveautés Verlaine rompait avec les traditions purement parnassiennes —toujours descriptives — et inaugurait l'art suggestif, dont il ne devait pourtant donner les authentiques modèles que des années plus tard, dans les ROMANCES, — avant quoi s'inscrit LA BONNE CHANSON.

III

C'est en effet la plus « bonne » des chansons du poëte. Il en vibrera comme un écho dans *la chanson bien sage* du plus terrible et du plus doux de ses livres (1). Il n'y a point ici de littérature ; c'est un bouquet de fiançailles à

(1) SAGESSE.

parfumer une corbeille de noce, — ou, si l'on veut, c'est
une sérénade encore, mais sans plus aucun des artifices,
sans plus aucune des fadeurs, et pour une écouteuse « pure autant que spirituelle », pour une jeune fille « dans
l'éclat doux de ses seize ans ». — Des sérénades comme
celle-ci, qu'on ne voudrait entendre que de la plus musicale voix de femme :

> La lune blanche
> Luit dans les bois ;
> De chaque branche
> Part une voix
> Sous la ramée...
>
> O bien-aimée.
>
> L'étang reflète,
> Profond miroir,
> La silhouette
> Du saule noir
> Où le vent pleure...
>
> Rêvons, c'est l'heure.
>
> Un vaste et tendre
> Apaisement
> Semble descendre
> Du firmament
> Que l'astre irise...
>
> C'est l'heure exquise.

Et faut-il faire observer comme elle est profonde, la joie
qui se module en ces chants — les plus doux de notre
poésie, peut-être, si Lamartine n'était pas — et comme il
est sincère, l'accent de cette espérance ? C'est à l'apparition de la « petite fée »

En robe grise et verte avec des ruches

la condamnation à l'oubli d'un passé déjà mauvais, et les rêves d'avenir et les résolutions définitives — toujours! — de paix, de force et d'ordre :

Oui, je veux marcher droit et calme dans la vie.

On dirait que le vers lui-même prend des précautions pour ne pas effaroucher une jeune fille : il évite toute audace, il affecte la clarté la plus limpide, il a rajeuni depuis les *Poëmes Saturniens* dont il désavouerait les *Paysages tristes*, et pour plaire à une fiancée qui a « la candeur des enfances » il fait des concessions.

IV

Peut-être en fait-il trop. Avec la déchéance des « bonnes » résolutions, avec le retour de la destinée saturnienne, les goûts naturels du poëte vont reprendre le dessus : voici les ROMANCES SANS PAROLES.

C'était cette époque troublée dans la vie de Verlaine : son intimité, ses voyages avec Arthur Rimbaud, — le très grand et alors le très jeune poëte ; mais ce poëte ne devait pas vieillir, quel qu'ait été le sort obscur de l'homme, — mort ou roi au-delà des mers. Plus tard, dans les *Poëtes Maudits* (1), Verlaine, avec son haut quichottisme d'homme et de poëte, rendit au génie — ni oublié ni méconnu : inconnu — de son ancien ami un glorieux hommage ; il cita des poëmes — surtout le *Bateau Ivre !*

(1) Première série, 1884.

— que la nouvelle génération des poëtes sait par cœur ;
plus tard encore il publia dans *la Vogue* — curieuse
revue défunte — *Les Illuminations*, et *Une Saison
en enfer*, série de superbes fragments en prose, et
grâce à tous ces soins dont la littérature lui doit bien
quelque reconnaissance, Paul Verlaine obtint que l'œuvre
et l'influence d'Arthur Rimbaud ne fussent point perdues.

Les Romances sans paroles, imprimées à Sens, loin des
yeux de l'auteur (1), passèrent inaperçues. « Retrouvées »,
il y a quelques années, par le public infiniment rare qu'elles
exigeaient et qu'elles avaient devancé, elles déterminèrent
une révolution dans ce rarissime public : les poëtes. C'est
d'elles que date (sans oublier M. Mallarmé dont l'influence eut lieu à peu près au même instant) cet art suggestif,
ce nouveau monde où les nouveaux artistes se cherchent
des royaumes. — Flandres, Belgique, Angleterre, elles ne
furent guère écrites que sur les grands chemins et dans
les

> Tentes insignes
> Des francs buveurs.

Comme nous voilà loin des tranquilles plans de vie or-
donnée, de sort fixé, immuable ! Comme il s'éteint au
sombre des brumes bruxelloises ou londonniennes, le
sourire ensoleillé du livret de noce ! Il n'y a pourtant
rien entre ces deux livres,— que la vie. La « bien-aimée »,
la « petite-fée » pour qui naguère le poëte faisait si douce
sa voix si mâle, presque farouche, n'est plus là. C'est que

(1) L'éditeur Léon Vanier en a donné en 1887 une édition nouvelle revue par Paul Verlaine.

le poëte n'a pas su, n'a pas pu continuer ces mi-voix,
ces susurrements et elle aura pris peur : « Elle est si
jeune ! » (1) Elle n'a été ni assez patiente, ni assez douce,

> Cela se comprend, par malheur, de reste,

« Elle est si jeune ! » — A travers ses constants départs,
le poëte se surprend sans cesse en des retours d'âme vers
son amour « qui n'est que ressouvenance » ; celle qu'il
aima lui apparaît comme sa vivante patrie,

> Aussi jeune, aussi folle que la France,

et se sentant exilé, il se demande :

> Est-il possible, — le fut-il —
> Ce fier exil, ce triste exil ?

Il revoit la « femme-enfant »

> ... En robe d'été
> Blanche et rose avec des fleurs de rideau...

Il raconte ses meilleurs souvenirs, les relit dans les yeux
qu'il revoit et où pourtant il pressentait la promesse des
malheurs :

> Et c'était déjà notre destinée
> Qui me regardait sous votre voilette.
> . . . .
> *Soyez pardonnée !...*

Des années ensuite, après beaucoup de très douloureux
et irréparables événements, l'homme reviendra sur ce pardon du poëte et le poëte se prêtera aux ressentiments de

(1) Epigraphe (tirée des *Liaisons dangereuses*) aux *Birds in the
night.*

l'homme, — mais en concluant en un *adieu* par de telles nobles plaintes en de tels nobles vers :

> Je n'étais pas né pour dire de ces choses
> Moi dont la parole exhalait autrefois
> Un épithalame en des apothéoses,
> Ce chant du matin où mentait votre voix (1).

Dans les ROMANCES la tristesse n'est point, si profonde qu'elle soit, aussi amère : il semble même qu'elle ait grandi le poëte, qu'elle lui ait donné la force de déchirer les rares langes où il avait consenti qu'on emmaillottât l'enfance de sa statue idéale : et il prend toutes les libertés, toutes les audaces. Merveilles de pures sensations et de correspondances, maîtrise absolue des rhythmes boiteux, voilà les deux grands mérites de ce livre. A l'ouvrir il est court, on dirait : à le lire il est long, on verra. Des mots sont des phrases, des lignes sont des pages.

Il y a tous les horizons changeants où le poëte voyage ; il y a de la fumée, des panaches gris et jaunes de fumée d'usine belge dans ces vers impairs où l'absence de symétrie semble plus aisément correspondre aux accidents du vent et du terrain ; et puis il y a des douceurs vers des demi-jours de lampes d'automne, vers

> La fuite verdâtre et rose
> Des collines et des rampes.

Et puis il y a des violences vers des sites brutaux, vers de soudains aspects rouges de forges, de gares, avec l'haleine de la sueur humaine, avec les cris des mé-

(1) AMOUR.

taux. Et il y a tout ce qu'il fallait, avec l'imprévu d'une aussi complète restitution par si peu de moyens apparents : il y a la netteté, le limité, le poli hollandais, les jolies maisons riantes et discrètes en briques et tuiles, les jardins de houblon, les claires guinguettes et ce voisinage des gares qui consolent les « bons Juifs errants » de la petitesse des villes par la prochaine perspective des « gais chemins grands ». Et là-bas,

> Vers les prés, le vent cherche noise
> Aux girouettes, détail fin,
> Du château de quelque échevin,
> Rouge de brique et bleu d'ardoise,
> Vers les prés clairs, les prés sans fin.

C'est le lecteur lui-même qui voyage dans une « nature faîte à souhait pour Fénelon » voici Walcourt, Charleroi, Bruxelles, Malines... Mais en ces sites d'automne, sous ces ciels de septembre et d'octobre où rêvassent toutes ses langueurs, le poëte va, s'enténébrant, toujours buttant à ce passé dont il voulait s'éloigner à jamais :

> Je ne me suis pas consolé
> Bien que mon cœur s'en soit allé.

On sent que l'orage s'amasse dans cette âme embrumée et qui, si elle voyait clair en soi, solliciterait elle-même le coup de foudre de quelque nouveau malheur — qui ne lui manquera pas.

Les plus miraculeuses entre ces ROMANCES, où il est bien délicat de faire un choix, sont les pièces II, III, IV, V, VI (celle-ci un brelan de vieilles chansons), IX, les *Ariettes oubliées*, les *Simples Fresques*, les *Chevaux de bois*, les *Birds in the night*, *Green*, *Spleen*, *Streets*.

> ...Dansons la gigue !
> Elle avait des façons vraiment
> De désoler un pauvre amant
> Que c'en était vraiment charmant !
> Dansons la gigue !...

Quelques-unes de ces pièces — tant fermé que soit un tel livre aux lecteurs non triés — sont presque célèbres : le

> Il pleure dans mon cœur
> Comme il pleut sur la ville...

par exemple, et *Green* :

> Voici des fleurs, des fruits, des feuilles et des branches,
> Et puis voici mon cœur qui ne bat que pour vous.

Mais on a peu noté la belle nouveauté de ces trois strophes :

> Je devine à travers un murmure
> Le contour subtil des voix anciennes
> Et parmi les lueurs musiciennes,
> Amour pâle, une aurore future !
>
> Et mon âme et mon cœur en délires
> Ne sont plus qu'une espèce d'œil double
> Où tremblote, à travers un jour trouble,
> L'ariette, hélas ! de toutes lyres !
>
> O mourir de cette mort seulette
> Qui s'en vont, cher amour qui t'épeures,
> Balançant jeunes et vieilles heures !.
> O mourir de cette escarpolette !

Ils réprouvent, ces vers adorables, ces vers uniques,

tous commentaires, lesquels seraient également inutiles aux poëtes qui n'en ont pas besoin et aux autres qui n'y comprendraient goutte. Ils sont, avec la IV° des *Ariettes oubliées* et le *Spleen* des *Aquarelles*, ce qui nous ravit le plus en ce livre.

Il est pourtant, si ravissant qu'il soit, une révolte, la notation des heures mauvaises (encore qu'absoutes et par leurs gaités et par leurs mélancolies). — Nous parvenons au livre de pénitence, au triomphal livre de Paul Verlaine : SAGESSE.

V

Si je pouvais oublier LES EXILÉS de Théodore de Banville, je n'hésiterais point à dire que SAGESSE est le plus beau livre en vers qui ait été écrit depuis LES FLEURS DU MAL.

Egaré d'abord, catholique, chez un éditeur catholique dont le nom est un calembour, il fut passé sous silence par tous et partout (même sur les catalogues de l'éditeur) et lancé comme il sied sans doute que soit lancé un livre de vers, c'est-à-dire point. Pas plus que les ROMANCES, il ne congruait à l'heure qui sonnait : il lui fallait attendre qu'une génération nouvelle parvînt au commencement de la maturité. — Je crois bien que l'avenir lui payera la dette du passé.

La première impression qu'il donne, à l'ouvrir au fermer des ROMANCES, c'est celle d'un renouvellement, d'un rajeunissement complet. C'est l'homme de la *bonne chanson* qui reprend la parole.

Le Malheur a percé mon vieux cœur de sa lance.....
Et mon vieux cœur est mort dans un frisson farouche....
Et voici que, fervent d'une candeur divine,
Tout un cœur jeune et bon battit dans ma poitrine.

Le pendule continue d'osciller : assez longtemps l'instinct règne, c'est une période de pur mysticisme qui commence. « L'auteur, désormais chrétien, s'est prosterné devant l'Autel longtemps méconnu, il adore la Toute-Bonté et invoque la Toute-Puissance » (1). Enfin, c'est une conversion complète, — sincère, ô certes ! et de la plus touchante sincérité : l'homme déjà mûr s'agenouille, et joint les mains, et prie avec la ferveur des premières communions.

Mais tout de suite notons : avec l'ardeur de tous les convertis et surtout avec l'exaltation particulière de son âme, toujours ivre de son nouvel idéal, il ne se contente point de chanter les choses de cet idéal, il se retourne — puisqu'il faut aussi brûler, comme on dit, ce qu'on adora — contre ceux dont « jadis et presque naguère il pratiquait les haïssables mœurs » (2), et, un peu Don Quichotte chrétien des derniers jours, tance les sceptiques incurables que la Grâce n'a pas touchés.

Ces remontrances rimées ne sont pas ce que nous aimons et c'est pour en signaler la logique et non pas la beauté qu'on désigne d'abord des pièces telles que la XIe et la XIIe du livre. Très incomparablement supérieurs à d'analogues efforts de Veuillot, nécessaires peut-être com-

(1) Préface de SAGESSE.
(2) Idem.

me un cadre aux extatiques douceurs d'alentour, ces A + B jettent pourtant une ombre par trop algébrique sur toute cette poésie. Ils ne sont pas, non, ce que nous aimons.

Distinguons-les donc vite de ces admirables commentaires — de catéchiste, pourtant, dirait-on — sur le devoir de pardonner :

On n'offense que Dieu qui seul pardonne...

Distinguons-les surtout de toute la seconde partie de ce livre, de cette partie, à notre gré trop courte, de pure théologie, de pure poésie aussi, c'est-à-dire de pure poésie théologique, — non pas de théologie poétique. Et dans cette seconde partie mettons encore à part et au-dessus de tout les dix sonnets théologaux où Verlaine a condensé avec une extraordinaire sûreté de Docteur et célébré avec une superbe puissance de Poëte l'enseignement des Pères et des Confesseurs sur le mystère de l'amour de Dieu pour sa créature. C'est un grave et étrangement simple colloque entre le Dieu de l'Evangile et le pénitent qui s'épouvante en l'infirmité de son être devant cet ordre terrible et doux :

Mon Dieu m'a dit : Mon fils, il faut m'aimer...

Et le pénitent s'écrie :

Je ne veux pas ! Je suis indigne. Vous, la Rose
Immense des purs vents de l'Amour, ô Vous, tous
Les cœurs des saints, ô Vous qui fûtes le Jaloux
D'Israël, Vous, la chaste abeille qui se pose

Sur la seule fleur d'une innocence mi-close,
Qui *moi*, *moi* pouvoir Vous aimer ? Etes-vous fous,
Père, Fils, Esprit ?

Mais Dieu répète :

Il faut m'aimer. Je suis Ces Fous que tu nommais...

Et le dialogue se poursuit ; l'âme hésitante, naïve et déjà croyante crie à Dieu :

> Tendez-moi votre main, que je puisse lever
> Cette chair accroupie et cet esprit malade...

Et Dieu abaisse vers la pauvre âme l'enseignement antique de l'Eglise. Et la Voix qui parle, formidable au fond, a des clartés si douces que l'âme, à la fois charmée et meurtrie, « tout en larmes d'une joie extraordinaire », prise à l'apparition

> Des anges bleus et blancs portés sur des pavois,

se lève enfin, pleine de trouble et d'espérance, et interroge par une muette aspiration Dieu qui répond :

> Pauvre âme, c'est cela !

Cette poésie était, avant Paul Verlaine, inouïe dans la littérature française et je ne sais que Dante à qui comparer le poëte de SAGESSE, quant du moins à cette seconde partie du livre, laquelle en est comme le cœur, — et comme le chœur, l'autel et le tabernacle d'une idéale église. C'est là qu'apparaît, byzantine un peu et très orthodoxe, la Madone,

> Siège de la sagesse et source des pardons.

Privée comme à souhait de tous les nimbes usés par les peintres d'assomption, Madone grise et maigre, aux longues mains rapprochées sans entre-croiser leurs doigts, aux yeux très baissés, le front ceint d'une rigide couronne symbolique, nul soin de grâce, ni la Vierge classique de

Raphaël, ni la Vierge convenue de Murillo, ni la douce Madone allemande des missels, ni la Femme surnaturelle du Vinci, mais plutôt la Vierge jaune de saint Luc et des Grecs. Pourtant elle est toute douceur quoique son geste soit un peu sec ; c'est elle qui joint les mains, les mains lâches du pénitent et qui lui baisse les yeux, ses yeux éblouis des choses ! C'est elle qui lui enseigna les mots par lesquels on adore et c'est par elle qu'il a voué ce sacrifice à Dieu de toute son humanité en cette poignante prière :

O mon Dieu, vous m'avez blessé d'amour...

Nous sommes loin, n'est-ce pas, des rêveries vaguement mystiques, des poétiques réligiosâtries : nous touchons ici au fond ; rien ne s'abandonne pour le charme, tout est pour la force et pour la vérité. C'est bien l'eau du puits glacé qu'il faut boire avant de s'endormir du dernier somme ! Et si l'art de cette force et de cette vérité semble quelque peu sombre, c'est la nuit qu'il fait au noir des puits profonds, une nuit où les yeux bien ouverts savent connaître d'étranges beautés. On sent que le poëte, réfréné par les Commandements, s'interdit l'essor des fantaisies : mais il y perd bien peu, sa puissance n'étant pas dans la Fantaisie et il gagne en profondeur concentrée ce qu'il délaisse d'indépendance. Quels plus beaux vers que cette prière, cette oblation de l'homme à son Créateur ?

Voici mon front qui n'a pu que rougir,
Pour l'escabeau de vos pieds adorables
Voici mon front qui n'a pu que rougir.

Voici mes mains qui n'ont pas travaillé,
Pour les charbons ardents et l'encens rare
Voici mes mains qui n'ont pas travaillé.

Voici mon cœur qui n'a battu qu'en vain,
Pour palpiter aux ronces du Calvaire
Voici mon cœur qui n'a battu qu'en vain.

Voici mes pieds, frivoles voyageurs,
Pour accourir au cri de votre grâce
Voici mes pieds, frivoles voyageurs...

Voici mes yeux, luminaires d'erreur,
Pour être éteints aux pleurs de la prière
Voici mes yeux, luminaires d'erreur...

Ce chœur du livre s'enferme entre deux nefs, l'une ouverte sur l'âme où naît le vœu sacré, station de préparation, d'initiation, d'enthousiasme et qui donne au Sage que devient peu à peu le poëte la force et le droit de pénétrer dans le Saint des Saints, — l'autre ouverte sur la nature où rit le démon de midi. Car, sa prière dite devant l'autel, le Sage se relève. puni, dit-il, et prudent à l'infini, croit-il, et contemple de ses yeux calmés les scènes du monde : il se reprendra aux choses de la nature jadis aimée, il retraversera même la férocité des villes,

Comme un mondain à l'Opéra,
Qui sort blasé de danses viles.

Et même, — soi-disant pour tenir abaissé l'orgueil (mais ici l'Ennemi se déguise en la témérité),

Il remontera le passé,
Ce passé comme un mauvais fleuve !

Ainsi le livre se divise : la première partie est l'espérance vers un avenir de pénitence bénite, la seconde partie
est cette bénédiction, la troisième partie se ressouvient du
passé païen, — s'en ressouvient et le regrette. Il y vente
je ne sais quoi de révolté, des souffles précurseurs de nouveaux orages. C'est l'ancienne inquiétude qui reparaît,
abandonnée à des désespoirs que ne devrait plus connaître
un cœur en qui la gloire de Dieu s'est installée. L'inspiration même n'est déjà plus foncièrement chrétienne et la
conclusion mystique intervient parfois un peu brusque à
des poëmes étrangers à tout mysticisme pour la couleur
et pour le ton ; on dirait d'un acquit de conscience. Il y
avait des remords dans les premiers vœux du néophyte ;
maintenant le regret s'avoue de la délectation en le péché
et la foi doute d'elle-même :

> « Pourtant je regrette,
> Pourtant je me meurs,
> Pourtant ces deux cœurs... »

> Lève un peu la tête :
> « Eh bien, c'est la Croix ! »
> Lève un peu ton âme
> De ce monde infâme ;
> « Est-ce que je crois ? »

Où donc celui qui disait :

> Je ne me souviens plus que du mal que j'ai fait...
> Si je me sens puni c'est que je le dois être... ?

Où donc celui qui chantait :

> J'ai dit un adieu léger
> A tout ce qui peut changer,

> Au plaisir, au bonheur même
> Et même à tout ce que j'aime
> Hors de vous, mon doux Seigneur?...

En ce premier temps-là de conversion fervente où il entendait encore la voix du malheur, le bon chevalier masqué (1), qui lui criait :

> Au moins, prudence ! car c'est bon pour une fois,

quand la chair se rebiffait, quand un mirage de souvenirs ou de désirs éparpillait au loin tous les dons du baptême, le Sage joignait les mains pour prier contre la tentation, et c'étaient ces vers d'une beauté vraiment effrayante ! — Ecoutez ce bruit profond d'orage venu de loin pour se résoudre en musicale foudre que soutiendraient et prolongeraient tous les jeux de l'orgue :

> Les faux beaux jours ont lui tout le jour, ma pauvre âme,
> Et les voici vibrer aux cuivres du couchant.
> Ferme les yeux, pauvre âme, et rentre sur-le-champ :
> Une tentation des pires : fuis l'infâme.
>
> Ils ont lui tout le jour en longs grêlons de flamme,
> Battant toute vendange aux collines, couchant
> Toute moisson de la vallée, et ravageant
> Le ciel tout bleu, le ciel chanteur qui te réclame.
>
> O pâlis et va-t'en, lente et joignant les mains !
> Si ces hiers allaient manger nos beaux demains ?
> Si la vieille folie était encore en route ?
>
> Ces souvenirs, va-t-il falloir les retuer ?
> Un assaut furieux, le suprême sans doute !
> O va prier contre l'orage, va prier.

(1) Première pièce de SAGESSE.

Et à travers toutes ces fabuleuses fatigues de Sisyphe ou d'Hercule sous la perpétuelle chute du roc charnel, il y avait de triomphales heures d'embellie, des aurores dans cette nuit — où le cœur saignant d'hier flambait dans l'amour et s'en allait faire accueil

A la vie en faveur d'une mort précieuse.

Le Sage se persuadait que

La vie humble aux travaux ennuyeux et faciles
Est une œuvre de choix qui veut beaucoup d'amour.

Il s'émerveillait chèrement, comme au retour dans le port, devant ce quelque chose de sacré que recèle en leur beauté la faiblesse des femmes,

Et ces mains pâles
Qui font souvent le bien et peuvent tout le mal.

Il avait aussi des enthousiasmes juvéniles, des pitiés nobles pour tous ceux que décorait un sceau d'héroïsme et de malheur, — par exemple, pour tel jeune Prince « mort en soldat à cause de la France », et le poëte, du haut de son génie et de son propre malheur — des royautés aussi ! — adressait d'égal à égal au Napoléon qui ne régna pas ces vers à dessein attendris par leurs rimes féminines, — un diadème de roses blanches :

Je t'aime et te salue !

J'admire ton destin, j'adore, tout en larmes
Pour les pleurs de ta mère,
Dieu qui te fit mourir, beau Prince, sous les armes,
Comme un héros d'Homère !

Qui sait ! Par de telles guerrières gloires de langage il voulait peut-être illustrer d'un héroïsme encore ce siècle fade, — tragique et fade, où la vie lui pèse, où il a tant de peine à

> N'entendre, n'écouter, au bruit des grandes villes,
> Que l'appel, ô mon Dieu, des cloches dans la tour !

ce siècle où sa force de croire et de servir s'use en circonstances viles. Qu'il bénirait le destin de lui avoir assigné une date « dans le grand siècle à son déclin », dans ces jours (nous les eussions crus ténébreux) dorés,

> Quand Maintenon jetait sur la France ravie
> L'ombre douce et la paix de ses coiffes de lin !

D'autres la jugeraient moins « ravie » cette France du siècle naissant de 93, quand la reine morganatique imposait à la cour du grand roi, naguère si fastueuse, les goûts puritains d'une protestante fidèle, en dépit de toute conversion, à ses primitives sécheresses, quand les rois allaient commencer de préparer en la méritant la Révolution, quand la misère et le découragement et les conspirations engendraient les défaites... Et le poëte lui-même va se laisser détromper : fut-il donc si chrétien, ce grand siècle ? Que les Saints sont rares parmi tous ses docteurs ! Que de dissensions entre les apôtres du même dogme ! Ces duels de Bossuet et de Fénelon, de Pascal et des Jésuites ! Pascal et Bossuet, ces deux titans du catholicisme, que d'ombre autour d'eux ! Le gallicanisme de Bossuet ! Le jansénisme de Pascal !...

Non. Il fut gallican, ce siècle, et janséniste !

Et un mirage nouveau s'essorant aussitôt du mirage
éteint, s'il faut émigrer de ce temps-ci vers une date meil-
leure,

> C'est vers le Moyen-Age énorme et délicat !

Et là, dans un décor un peu mêlé de sceptres et de cou-
ronnes, de frocs monastiques, d'habits et d'instruments de
rude labeur, de toges et de tuniques, de croix et de bannières, le Sage rêve d'être un Saint de cette date-là, un
de ces saints violents et doux comme il est lui-même, au
cœur du perpétuel novice,

> Guidé par la folie unique de la Croix
> Sur tes ailes de pierre, ô folle cathédrale !

Mais quoi ! il est pourtant de cette date et de cette heure ! Et même il s'y résignerait, si du moins, dans ces temps
infâmes, les choses et les âmes de la vie intime, se faisaient moins amères. Il le disait autrefois (BONNE CHANSON) :

> Ce n'est pas trop de deux courages
> Pour vivre sous de tels vainqueurs.

Il faut donc que ceux entre qui s'échangea l'offense,
l'oublient : et à telle âme partie et toujours chère, à la
« lamentable sœur » des ROMANCES qui gesticulait avec ses
petits bras comme un héros méchant s'en vont des chansons bien douces, des chansons bien sages, discrètes et lé-
gères, implorant pour du pardon, pour de la bonté, pour
le bonheur d'une paix sans victoire ; deux mains apparues
en songe, toutes petites, toutes belles, deux mains véné-
rées sont suppliées de faire le geste qui pardonne. — Elles
sont suppliées en vain ; elles ne sont point, ces mains, de

celles qui font ce geste. — Mais nous sommes encore aux premiers temps, dont je parlais, de conversion fervente : dans cet écœurement même d'être de ce XIXe siècle, charnel et triste, même dans cette amertume d'être abandonné de tout ce qu'il aime, le poëte puise une suprême force. Comme un martyr ivre de son propre sang irriterait des lions pour obtenir d'eux une plus prompte mort, le poëte prête l'oreille, un instant, aux Voix de la vie, à ces tentations qui l'ont fait si souvent trébucher, l'Orgueil, la Haine, la Chair, Autrui, et les laisse, ces Voix, prouver par leur bruit leur vanité, pour les éteindre toutes et tout à coup en ce sublime vers tel qu'un soufflet de foudre :

> Mourez parmi la voix terrible de l'Amour !

Et le silence désormais règne, qu'il fallait pour qu'on entendît la Parole forte, l'enseignement évangélique reçu avec l'enthousiaste folie de l'humble martyr d'une humble pensée qui soumet volontiers la raison au plus pauvre adage et le cœur à la plus austère observance.

La raison persévèrera, le cœur se lassera.

Bientôt il ne pourra plus voir poudroyer le soleil sans que se lèvent en lui les rêves de cette vie, les ardeurs de cette nature mirée en toutes les passions dont il fut, dont il sera le vivant réceptacle. Prudent encore, toutefois, il l'éloigne doucement ce doux spectre de la vie qui se penche sur son lit de convalescent :

> Midi sonnent. De grâce éloignez-vous, madame.
> Il dort. C'est étonnant comme les pas de femme
> Résonnent au cerveau des pauvres malheureux.

Mais l'Espoir, l'espoir de revivre, une fois insinué par

ce soleil dans cette âme, n'y veut plus mourir, il ne veut plus cesser de luire comme un brin de paille dans l'étable, comme un caillou dans un creux.

Ah ! quand refleuriront les roses de septembre !

Et cet espoir se mêle d'effroi. L'âme, un instant libérée, dans cet élan de mysticisme, de la vieille folie, s'y rengagera, morne, condamnée, comme on reprend un fardeau fatal, sans l'entraînement de la jeunesse ; il semble qu'elle ne puisse plus tendre vers ce ciel « si bleu, si calme ! » il semble qu'elle descende au creux d'un caveau de ténèbres, dans le silence, sous le poids d'un grand sommeil noir...

C'est le sens de cette troisième partie, c'en est la couleur sincère, en dépit de telles très belles ou très curieuses pages d'une plus paisible tonalité (de la IXᵉ pièce à la fin de ce livre) où plutôt du virtuosisme — spécial par le sentiment religieux qui le pénètre, y renouvelant des « romances sans paroles » plus générales — éclate que la première et principale inspiration de SAGESSE.

VI

Comme Verlaine, en ce livre, a donné la plus forte expression de trouble moderne qui fût en lui, nous en avons dû scruter surtout le fond. Avec JADIS ET NAGUÈRE il convient de préférer la forme, le livre ne prétendant à aucune composition : *Jadis*, c'est avant toute conversion et *Naguère* c'est ensuite, — division qui permettait au poëte de réunir certaines parts de son œuvre un peu éparses et de toutes dates, — aspect fragmentaire qui nous permettra d'étudier sommairement, à propos de celui-ci, les livres secondaires de Verlaine.

Victor Hugo se vanta d'avoir mis un drapeau rouge au vieux dictionnaire et révolutionné la poétique française. La langue classique vivifiée par l'introduction du mot propre ou pittoresque, le vers classique déroidi par l'enjambement, — voilà au fond toute cette révolution : encore faut-il convenir que le bruyant ennemi des monotonies anciennes donna l'exemple de monotonies nouvelles, — tel le sempiternel adjectif par quoi débutent trois fois sur dix les seconds hémistiches de ses alexandrins. D'ailleurs, resté, dans là poétique hugolienne, la seule infraction à l'antique symétrie du vers, l'enjambement n'est qu'une inutile et désagréable cassure que semble démentir l'hypocrite — car seulement apparent — respect de la césure. — Contre ces plus sonores qu'efficientes audaces, semble-t-il pas qu'Alfred de Vigny, du haut de sa tour (plutôt de bronze que d'ivoire), protestait, sans phrases, sans aucune préface-de-Cromvell et seulement par ses vers d'essence plus romantique et d'ailleurs aussi et pourtant plus classique que les vers d'Hugo ? — Ainsi toujours, dans les progrès de cette révolution de la poétique vers son expression dernière, se maintient l'équilibre au moyen d'un calme duel, inaperçu des contemporains, entre deux très divers poëtes. Ainsi, plus tard, Baudelaire et Sainte-Beuve. Sainte-Beuve subordonnait toute loi du rhythme au désir d'exprimer un sentiment de modernité très in-

dividuelle et descendait volontiers au plus pédestre ser-
mon, à cette infiniment curieuse prose rimée que strie çà
et là le rare éclair du plus admirable vers. Baudelaire,
au contraire, conserva l'amour du Vers pour le Vers, pour
l'être organisé et personnellement vivant qu'est le Vers.
La forme choisie par chacun convenait, certes, au tempérament de chacun, mais ils se partagèrent la vie humaine, ne l'ayant tout entière ni l'un ni l'autre, avec ses
heures de grandeur, de passion, de désespoir et de rêve,
— les heures de Baudelaire, — et avec ses heures de relâ-
che, d'intérêt aux petites choses, de douceur et d'atonie,
— les heures de Sainte-Beuve.

Grâce sans doute à plus de simplicité, un poète qui vit
son œuvre au cours de sa vie devait les unes et les
autres heures également connaître. Pour Verlaine le Vers
demeure le Vers, l'être intangible et frémissant dont il
avait appris des maîtres forgerons, Leconte de Lisle et
Banville, et Baudelaire lui-même à forger l'armure et quelques-uns des plus célèbres alexandrins qu'on citera dans
vingt ans seront de SAGESSE. Mais bien plus hardiment
que Sainte-Beuve, dans le même but et avec un plus profond sens de modernité, il l'assouplit, le détaille, ce vers,
quand il faut, selon les nuances de sentiment à rendre et
selon de logiques lois nouvelles, — chez lui seul logiques.
L'enjambement devient nécessaire et très harmonieux,
— secondaire toutefois, — avec les multiples déplacements
de la césure, les allitérations notant et scandant le nombre,
les assonances troublant délicieusement le vers de mineurs
échos où l'éclat majeur, l'éclat de cor de la rime perd de

sa brutale importance, avec aussi l'emploi de ces rhythmes boiteux dont la symétrique absence de symétrie est
une harmonie de plus dans tout ce très artistique désor-
dre. — De tels moyens mis en œuvre avec le tact infaillible d'un Maître permirent à Verlaine d'accomplir l'œuvre
qui tentait Sainte-Beuve, mais à laquelle, faute de ces moyens ou faute de ce tact, il renonça de bonne heure, poëte
mort jeune.

Un des plus notables exemples du tact esthétique de
Verlaine, c'est le conte en vers dont il inaugura une sorte
très neuve dans JADIS ET NAGUÈRE. La perle de ces quatre contes (car j'en tire *Crimen Amoris,* bien autre chose qu'un conte et le plus haut effort, à mon sens, de Paul
Verlaine) est *L'Impénitence finale.*

> La petite marquise Osine est toute belle.
> Elle pourrait aller grossir la ribambelle
> Des folles de Watteau sous leurs chapeaux de fleurs
> Et de soleil, mais, comme on dit, elle aime ailleurs...

Donc, ayant ce projet d'*écrire en vers des récits,* ce
poëte eut cette pensée naturelle — si naturelle qu'elle eût
dû n'être oubliée d'aucun conteur en vers — : que le récit
est par lui-même prose, que conter en vers c'est nécessairement introduire de la prose dans les vers avec le motif
— sans quoi non — d'une pensée purement poétique par
qui se motive le haut agrément des rimes et du nombre.
Que par conséquent la rime soit suffisante et le nombre
pur, il le faut : mais qu'ils se dissimulent dans l'enchaîne-
ment du style au cours du récit, il le faut aussi, pour de
fois à autres éclater aux instants épanouis où le récit s'en-

tr'ouvre à des efflorescences de réelle poésie. C'est ainsi qu'après les vers jolis qu'on vient de lire et un peu plus loin, ceux-ci sont écrits :

> Vingt soupirants, brûlés du feu des meilleurs zèles,
> Avaient en vain quêté leur main à ses seize ans,
> Quand le pauvre marquis, quittant ses paysans
> Comme il avait quitté son escadron, vint faire
> Escale au Jockey ; vous connaissez son affaire '
> Avec la grosse Emma de qui — l'eussions-nous cru ?
> Le bon garçon était absolument féru.
> Son désespoir après le départ de la grue,
> Le duel avec Gontran, c'est vieux comme la rue ;
> Bref il vit la petite un jour dans un salon,
> S'en éprit tout d'un coup comme un feu ; même l'on
> Dit qu'il en oublia si bien son infidèle
> Qu'on le voyait le jour d'ensuite avec Adèle.
> Temps et mœurs ! La petite.....

Ici la prose est manifeste et voulue manifestement, manifestement encore préférable mille fois à tel bel alignement de vers bourrés de remplissages « poétiques » et chevillés à sonner plein à la rime, comme nous connaissons beaucoup de ces académiques pièces.. Mais quelques lignes après, le style s'exhausse et c'est, soudain, ce lyrisme doux et noble :

> Des accords assoupis des harpes de Sion
> Célestes descendaient et montaient par la chambre
> Et des parfums d'encens, de cinnamome et d'ambre
> Fluaient, et le parquet retentissait des pas
> Mystérieux de pieds que l'on ne voyait pas,
> Tandis qu'autour c'était, en cadences joyeuses,
> Un grand frémissement d'ailes mystérieuses.

Et quand il faudra, ce lyrisme retombera dans cette prose.

Nous trouverons des effets analogues dans *La Grâce*, — un chef-d'œuvre de spécialité de style, — dans *Don Juan Pipé*, où le poëte, par un tout arbitraire et très légitime caprice, spirituel ainsi, divise en dizains les rimes plates sans guère de souci de la phrase suspendue entre deux dizains limitrophes, caprice pour ainsi dire symbolique de cet autre caprice d'avoir rimé des contes, — dans *Amoureuse du diable*, où les vers sur l'ivresse et l'amour sont célèbres.

On pourrait — si imprévue que soit l'observation — renouer par une filiation directe le conte de Verlaine, — simple et sobre, condescendant aux proses nécessaires et prêt toujours aux poésies possibles, à ce conte du XVIIIe siècle, doué — inférieurement — des mêmes qualités qu'il tenait de l'Italie, et de La Fontaine. La Fontaine, Voltaire et Musset ont fondé, puis maintenu cette tradition de mêler dans le langage des vers les choses de la prose et celles de la poésie. Voltaire, qui, en toutes choses comme ici, ne sut jamais que *reproduire*, se contenta d'imiter La Fontaine ; Musset introduisit dans le conte l'émotion sentimentale : Verlaine y devait ajouter l'Idée philosophique — ou religieuse — pour le fond et, pour la forme, la réduction aux rimes plates, — empruntant cette réforme aux conteurs parnassiens lesquels, eux, avaient fait du « conte » le « Récit », la chose littéraire indifférente à la pensée, — tandis que le conte de Verlaine intéresserait l'âme. « Intéresserait » : car le conte encourra toujours des reproches

analogues à ceux que mérite l'opéra. Pourquoi chanter
et pourquoi raconter des choses nombrées et rimées quand
né-ces-sai-re-ment dans la prise du roman et de la musique la rime et le nombre perdent leur valeur? Cette
critique n'incrimine ni le récit symbolique, lequel tient
plutôt de l'ode que du roman, ni l'épopée (la possible
mais irréalisée épopée moderne, toute lyrique en dépit
d'une essentielle trame d'événements). On vise uniquement ici la « nouvelle en vers », l'imitation de la vie par
une affabulation. De cette catégorie quelques-uns des
contes de Verlaine sont ; mais avec ce poëte il ne faut jamais oublier que la Vie prend un sens particulier. Et de telles
tendances dramatiques d'ailleurs plutôt qu'épiques ne sont
point pour étonner, en ce tempérament artistique et vital
dramatisant son art au gré de sa vie : ce que chez d'autres il faudrait condamner comme une impersonnelle trop
et presque quelconque destination de l'art, il en faut
louer Verlaine comme d'une spécialisation de plus en son
talent, — tout en réservant les préférences les plus vives
à de plus individuelles parts de son œuvre.

En cette voie d'objectivité, Verlaine a écrit un livre de
nouvelles en prose, *Louise Leclercq* (1). A coup sûr, pour
lui, la prose n'est guère qu'un très secondaire instrument
dédaigné pour un peu, à quoi ne commettre que des entre-
prises accidentelles. Du moins se permet-il en sa prose une
plus simple mise et une attitude plus abandonnée qu'en
ses vers. Mais qu'elle reste, cette prose, artistique et spé-
ciale, même en des pages çà et là puériles où ce Villon

(1) Léon Vanier, éditeur.

n'aurait pas assez choisi ses mots plaisants ! C'est un
parler naïf à la fois et chantourné, de conversation,
mais de la sienne ! avec un très amusamment pédantes-
que scrupule de syntaxe, — et parfois du vrai beau, voyez :

« L'amour a l'obliquité, le plumage élastique du hibou ; — et ses
serres ! Il a les grands beaux yeux fixes, les belles ailes emphatiques,
et muettes du hibou, son doux cri sinistre, son élan d'ouate sur la
proie jamais manquée, puis, la proie dévorée, son renvol sourd
devers la tour ou le chaume noirs dans la nuit charmante. Mais
quelles serres et quel bec ils ont donc, l'amour et le hibou ! »

Voyez encore :

Et pourtant elle s'ennuyait parfois, surtout ces jours de pluie
dont il a été parlé ; vers le soir aussi, principalement en été, quand
il fait encore assez clair pour travailler et déjà suffisamment obscur pour allumer la lampe ou les bougies. L'hiver, la nuit tombe
sans presque de transition. Le feu d'ailleurs est à côté de vous
lumineux et bruyant, cause avec vous, voudrait-on croire, vous
envoie sa chaude haleine, vous regarde de ses mille yeux familiers ;
mais l'entre-chien-et-loup des fins d'après-midi de la belle saison
est vraiment redoutable aux organisations tant soit peu délicates.
Tout s'efface, s'estompe, semble se désoler, vous laisse seul
entre quatre murs d'ombre à tout instant épaissie. C'est alors qu'à
l'insu de sa fierté de fourmi qui eût bien envoyé danser et chanter
toute idée de vapeurs, de langueur, et autre forme plus ou moins
actuelle de l'immortel Ennui, tombait sur elle, lui pesait sur les
tempes, s'appuyait sur ses épaules cet on ne sait quoi qui trouble le
dessein, émousse la volonté du jour et de l'heure, rend le cœur
vague, la tête vide, la chair et le sang et les nerfs prépondérants
sur l'esprit, et le temps si long, si lourd, si sottement insuppor-
table ! »

Ces exemples suffisent pour montrer combien nettement
et personnellement Verlaine l'a, ce don de ne pas aller à
la ligne, en quoi consiste la prose, et quelle bonne, quelle

excellente, quelle pure et forte langue est la sienne, tradi-
tionnelle, étymologique, propre et précise. Quant à la
composition, là peut-être pècherait le prosateur d'occasion. On sent trop que cette tâche d'ordonner les parties
d'un tout artificiel, les péripéties d'une action indifférente
à son âme d'homme, n'incombe point à l'écrivain par une
naturelle élection. Après s'être intéressé à son personnage
jusqu'à noter en une subtile analyse les moindres éléments
de son caractère, il a hâte de s'en délivrer dès l'exposition
finie, dès le drame entrepris, et donne un dénoûment
trop court à un début un peu long. Aussi préférerais-je à
cette histoire banale, voulue telle — et réussie telle, somme toute — de *Louise Leclercq, Pierre Duchâtelet* où
l'autobiographie est évidente, — un amer et rude récit,
sans art, sans grâce, sans goût, mais amer et rude, dis-
je, et bon ainsi. Dans la première de ces deux nouvelles,
Verlaine s'inscrivait de la suite de Flaubert et reflétait
très bien *Un cœur simple.* Dans la seconde il est indé-
pendant et il a toutes les bonnes grâces de la sincère simplicité.

Un autre volume en prose, les *Mémoires d'un veuf*
(premier d'une série qui sera continuée) nous révèle un aspect nouveau de Verlaine dans le même genre d'écrire.
Scenario pour Ballet est du roman et du théâtre à la
fois. Déjà d'ailleurs *Madame Aubin* (dans le volume de
Louise Leclercq) et surtout *Les Uns et les Autres* (dans
Jadis et Naguère) — cette dernière pièce une merveilleuse « Fête Galante » dialoguée — annonçaient les visées
dramatiques de Verlaine. Nous connaissons le plan d'un

Louis XVII. Il est certain qu'au théâtre, sans même le révolutionner par une formule nouvelle, Verlaine apporterait d'étranges qualités de puissance et de délicatesse suffisantes à bien des chefs-d'œuvre.

A propos des *Mémoires d'un veuf*, — « ... Des mémoires gros comme le bras, monsieur, des mémoires, madame, — talent, génie, tout ce que vous voudrez à part — à la Retz, à la Saint-Simon, à la Châteaubriand et à la Tous ! » — c'est, des livres de Verlaine, celui peut-être qui contient le plus de documents directs sur son tempérament et son caractère. Malgré des légèretés parfois lourdes, des traits parfois manqués, et d'autres défauts, et d'autres fautes, tel quel je n'y voudrais rien changer. Ces fautes et ces défauts nous étaient essentiels à compléter la si curieuse physionomie du poëte sincère en tout, jusqu'en la gouaillerie et jusqu'en le cynisme, sincère en tout et entre tous vivant ! J'aime même ces heurts, et peut-être en aimé-je même la sensation désagréable, dans une seule phrase souvent, d'un style extraordinairement lâché et extraordinairement recherché, — et recherché et lâché toujours avec la sûre prudence d'un infaillible instinct de la langue et de cette perpétuellement flambante intensité dont le feu vivifie tout. Et c'est, ce livre, des choses sans nom, des fantaisies sans tradition, sans transitions, des parties sans ensemble, sans commune destinée. Des pages d'une singularité belle et d'une beauté singulière sont celles-ci : *Quelques-uns de mes rêves, A la mémoire de mon ami, La Morte, Ma Fille, Humble envoi*, et en toutes il faut marquer, comme uniquement à ce Verlaine de prose, cette si moderne hâte, intéressante comme une maladie, d'une âme qui se voudrait toute dire en quelques gestes, cet énervement de la plume tenue, plus vite et plus loin que laquelle on sent que voudraient courir la main et la pensée, ce désintérêt, en dernière analyse, de la chose littéraire pour ce qu'elle a d'expressément littéraire.

Car il n'y a point d'homme de lettres en Verlaine. A la fin de son *Art poétique*, ayant édicté les lois de son esthétique insaisissable et certaine, lois à deviner plutôt qu'elles ne sont dites et où les régents d'écoles et de revues n'entendraient rien, il s'écrie avec un divin dégoût :

> Et tout le reste est littérature.

Ici encore s'affirme ce caractère vital de son art. Lamartine, en qui non plus vous ne trouverez guère l'homme de lettres, chantait « comme l'homme respire ». Verlaine chante comme l'homme agit et souffre, et comme il jouit, et comme il crie.

Par un hasard, toutefois, en réfléchissant à son œuvre et en se cherchant des pairs dans l'étroite — dans la profonde province de son art, il déduisit de ces réflexions certaines opinions « littéraires » qu'il a consignées en de courtes études consacrées à ces poëtes : Corbière, Rimbaud, Mallarmé, madame Desbordes-Valmore, Villiers de l'Isle-Adam. Aux études il donna cet explicite titre : *Les Poëtes maudits*. Mais ces « études » sont-elles « critiques » ? Guère ! C'est le commentaire nerveux et passionné, vif, saccadé, de citations qui mangent le texte. Ce sont de violentes louanges, car le poëte ne parle que de poëtes, et ce sont des intuitions et des transports plutôt que des explications. On sent que l'écrivain voudrait faire saisir sa pensée en une virgule, en un guillemet, en un trait plutôt qu'en des mots dont il se croirait toujours un peu trahi. Et puis ! cette critique décèle une telle absence de théorie, de système que, nulle part ailleurs qu'en ces écrits d'apparence littéraire, le poëte épris de seule vie n'apparaît mieux. Grâce à cette capricante écriture et malgré les tentations du sujet — car l'occasion était offerte de « venger » par quelques hautaines périodes ces poëtes méconnus — il a su éviter toute rhétorique, — suivant en cela son propre conseil (*Art Poétique*) :

> Prends l'éloquence et tords-lui son cou.

Ceci nous ramène à l'*Art Poétique* (1) de Verlaine, ce poëme d'une trentaine de vers où il résume tout l'art, tout son art, — brefs conseils dont les plus vagues sont les meilleurs :

(1) Ici une explication. M. Paul Verlaine m'a dédié *Art poétique* et il me devait bien ce grand honneur puisque, à une époque où j'étais trop loin de moi-même pour pouvoir comprendre ce poëte, je l'attaquai, à propos de cette pièce même, dans un petit journal de lettres. Mais l'étonnement est le commencement de l'admiration car on ne s'étonne que du Nouveau. Mon attaque d'ailleurs, pour irréfléchie qu'elle fût, n'avait point perdu le respect et Paul Verlaine put me faire une réponse qui me donna le désir de le connaître. Comme je *devais* l'aimer et comme j'étais de bonne foi, ma conversion fut prompte et entière. Elle fut d'ailleurs, ma faute, une heureuse et bienfaisante faute, car cet accident donna l'occasion à Paul Verlaine de connaître la jeune génération qu'il devait ensuite si heureusement influencer.   Ch. M.

Que ton vers soit la chose envolée
Qu'on sent qui fuit d'une âme en allée
Vers d'autres cieux à d'autres amours.

. . . .

Que ton vers soit la bonne aventure
Eparse au vent crispé du matin
Qui va fleurant la menthe et le thym.

. . . .

C'est des beaux yeux derrière des voiles,
C'est le grand jour tremblant de midi.
C'est, par un ciel d'automne attiédi,
Le bleu fouillis des claires étoiles !

Poétique de poëte, la bonne ! L'importance principale de la musique, le précepte de préférer la nuance à la couleur, d'unir l'indécis au précis, de choisir l'impair, de fuir la pointe, l'esprit, le rire et l'éloquence, d'assagir la rime qu'on exagéra, — voilà tous les Commandements. Ils concourent tous à l'effacement des angles brutaux pour l'œuvre d'art nécessairement douce, toute robuste qu'elle doive être, toute héroïque même qu'elle puisse être : et n'est-ce pas le suprême et moderne secret de l'art cette harmonieuse administration de la force et de la douceur ? N'est-ce pas la mystérieuse vertu qui ne s'imite pas ? — Plusieurs déçus, de ceux qui sont, par la totale absence du génie, tout près de la foule dont ils sont vite acclamés, croient de temps en temps découvrir que le secret du *tempérament* artistique est dans cette force uniquement ou uniquement dans cette douceur, et, parce qu'ils sont, dès l'abord comme à jamais, privés de la divine antithèse, la Force en eux devient tout de suite violence et la Douceur mollesse. Il convient, pour être clair et pour mieux faire entendre combien Paul Verlaine *est* par la maîtrise de cette antithèse fondamentale, d'opposer au nom de ce poëte dont, hier encore, les lecteurs se comptaient, les noms d'un de ces mitrons de lettres et d'un de ces blanchisseurs de fin dont les « han » et les mignardises ont tout de suite conquis un public immense.

Il faut lire *La chanson des Gueux* après *Les Fleurs du Mal*, les *Blasphèmes* après *Sagesse* pour saisir nettement la nette distinction qui sépare d'un poëte doué, inné, personnel, l'homme quelconque, d'excellente intelligence mais de trop bonne volonté, qui, ayant appris les moyens, sue à les mettre en œuvre et, sachant ce que c'est que le tempérament, s'ingénie à s'en créer un, — oublieux que :

On est le Diable, on ne le devient point.

C'est ainsi que M. Jean Richepin, avec la plus calme et plate nature de bourgeois sérieux, s'est mis en tête d'être un poëte, — un é-pou-van-ta-ble poëte, — et y a pleinement réussi auprès de la négligeable, énorme portion du public qui aime tant à être épouvantée, brutalisée et scandalisée ! C'est que ce normalien a compris que, pour la moitié des gens, le *comble de l'art* consiste en une certaine gesticulation cynique, — la bohême et la lycantrophie. — Pour l'autre moitié des gens, l'art est un bibelot joli, attendrissant et, du moins cela ne gâte rien, exotique : et pour cette moitié-là M. Pierre Loti est l'excellent artiste, le maître des rêves, — de leurs rêves ! — C'est pour-

quoi nous avons le grand et doux Loti et le grand et fort
Richepin, deux parfaits poëtes lauréats, l'un préféré des
hommes, l'autre chéri des femmes et ainsi chacun en pos-
session de l'une des deux oreilles d'âne de l'antique Bêtise.
S'ils comprendront un jour l'odieux du rôle qu'ils
assument, s'ils connaîtront le « remords d'avoir, ne se sentant ni les reins, ni l'esprit, ni l'âme d'un poëte, compro-
mis la vocation, donné à sourire de la glorieusement tragique vocation de ces êtres sublimes et faibles, quand ils
ne sont pas Shakspeare et Gœthe, pour trop de fierté vi-
brante ou sourde, les Poëtes ! » (1) s'ils auront de leur
criminel bonheur ce juste repentir, je n'ose l'espérer pour
jamais : mais à jamais aussi eux et leurs pareils — car ils
ont de notables émules et des imitateurs qui « promettent »
— peuvent désespérer d'obtenir l'estime de ces Poëtes
dont, sans l'avouer, ils copient le geste et usurpent le rang
en proclamant bien haut le secret qu'ils ont cru dérober
à ces Mages. Les Mages gardent bien leur secret : jusqu'en cet *Art poétique*, qui serait l'aveu de ses procédés,
Verlaine s'enferme en de mystérieuses adresses qui font
l'aveu non avenu pour le grand nombre. Plus tard on
admirera les vers de Verlaine comme ces toiles des vieux
maîtres, où l'on s'étonne de trouver conduites à leurs
expressions dernières les découvertes d'hier, les inventions
de demain. Comme eux il a pénétré tout droit, avec cette
naïve intuition en qui la science totale salue son égale,
jusqu'aux essences réelles des choses. Car plus encore que
sa subtilité sa bonhomie est étonnante : comparable en cela

(1) P. VERLAINE. *Les Hommes d'aujourd'hui : Maurice Rollinat.*

au seul Lamartine, enfant comme il est ange et avec qui
on doute souvent qu'on soit en face de Pindare ou de La
Fontaine.

Elle pourrait désigner Verlaine, cette observation de
M. Taine : « La forme semble s'anéantir et disparaître;
j'ose dire que c'est le grand trait de la poésie moderne. »
Et c'est, qu'on y prenne garde, par la bonhomie de
son génie, par la suprême sincérité de sa simplicité
que Verlaine fait de son vers cette « chose envolée...
éparse au vent... sans rien qui pèse ou qui pose... » cette
chose d'art où la forme en effet s'efface pour laisser triom-
pher dans les harmonies et les nuances de leur profonde
réalité, comme au delà et presque en dépit du langage,
les idées, les sentiments ou les sensations suggérés avec
toute cette force enveloppée de douceur. Par ainsi fonde-
t-il — le premier formellement en cet *Art poétique*
— la distinction réelle des vers et de la prose : ceux-ci
étant d'essentielle synthèse, la synthèse musicale et pic-
turale de l'objet à suggérer, tandis que celle-là, analytique
sauf des cas, qu'elle soit symbolique ou directe, décom-
pose l'objet en ses éléments constitutifs.

Une seule critique : pourquoi cette exclusive dilection
des vers impairs et des rhythmes boiteux? Serait-ce pas un
dernier reste de forme à effacer? — Le vers français est
excellemment le vers de douze syllabes, cet être miracu-
leux, immense et bref au gré du poëte — comme la scène
au gré de la danseuse qui la fait infinie en la parcourant
sur les pointes, à petits pas, et courte en la franchis-
sant en six pas envolés, — le vers de douze syllabes où

tous les rhythmes, même impairs, peuvent s'abriter. Car
quel empêchement qu'on le fasse, dans un but, boiter par
des muettes en neuf ou onze sonnantes syllabes pour opportunément lui rendre la majesté sonore de sa normale
plénitude ? C'est, ce vers, tout l'orgue, tout l'orchestre ;
on peut le faire chanter en mineur comme en majeur. Et
j'entends parler de l'alexandrin employé dans sa forme la
plus consacrée, les rimes plates, lesquelles ne répugnent
aucunement ni à l'ode, ni même au poëme à forme fixe
qu'on y peut encadrer par un système de vers plus courts,
rimés intérieurement aux grands vers et se répondant à
travers le poëme comme des rappels musicaux souverai-
nement régis par la richesse et l'exactitude des rimes ter-
minales. Ces rimes elles-mêmes, assagissons-les, sans doute,
mais laissons-leur la providentielle importance qu'elles ré-
clament, puis qu'il siérait qu'elles fussent, comme des
points lumineux, la ligne directrice du poëme tout entier.
En elles gît le secret de résoudre les problèmes de colora-
tion poétique et de tonalité à quoi les prosodistes ont
cherché tant de solutions. Ce n'est point ici le lieu de dé-
duire au long toute une théorie d'allitérations, d'assonances
et de rimes systématisées. Mais ne voit-on pas qu'un
moins libertin choix des sons culminants dans nos vers
français serait le seul moyen de leur donner les qualités
qu'ils envient aux vers toniques ? — Peut-être ce terme
— sans doute suprême — de la métrique, Verlaine l'a
jugé inaccessible : c'est pourtant lui qui, par sa défini-
tive désarticulation du vieux vers, a rendu possible cette
dernière innovation. — Elle s'essorera de la fumée de

tant d'efforts malheureux, « décadents », les quels voudraient, semble-t-il, briser l'instrument merveilleux que le maître voulait seulement assouplir. Car suffisent-ils, ces effets « d'assonances, de mots vagues, de phrases enfantines ou populaires », (1) qu'on renouvelle de Rimbaud et dont Rimbaud fit « des prodiges de ténuité, de flou vrai, de charmant presque inappréciable à force d'être grêle et fluet, mais où le poëte disparaissait? (2) » ...

Verlaine n'a, lui, point donné dans ces enfantillages alambiqués où les pires banalités se masquent mal d'abrupts artifices de style. Son haut bon sens — non pas le commun ! — le garantit à jamais des pédanteries à rebours — d'autant moins aimables, — ainsi qu'en témoignent, dans JADIS et NAGUÈRE, son plus mêlé livre en vers, des chefs-d'œuvre comme *Kaléïdoscope, Vendanges, La Princesse Bérénice, Un Pouacre, Langueur* et ce sonnet, *Luxures*, que nous pourrions bien, comme Verlaine faisait lui-même un sonnet de M. Mallarmé, honorer d'une sorte d'horreur panique. Et ne convient-il pas de terminer par celle-ci des citations qu'on n'a pas craint de prodiguer, — car ne montre-t-il pas, ce sonnet, mieux qu'aucune explication, comment se combinent la duplicité naturelle de l'homme et les raffinements, naturels aussi, de l'artiste ?

(1) *Poètes maudits.*
(2) Etc. Ces questions de pure esthétique sont plus opportunément qu'ici traitées dans LA LITTÉRATURE DE TOUT A L'HEURE (Perrin, éditeur).

Chair ! ô seul fruit mordu des vergers d'ici-bas,
Fruit amer et sucré qui jutes aux dents seules
Des affamés du seul amour, bouches ou gueules,
Et bon dessert des forts, et leur joyeux repas,

Amour ! le seul émoi de ceux que n'émeut pas
L'horreur de vivre, Amour qui presses sous tes meules
Les scrupules des libertins et des bégueules
Pour le pain des damnés qu'élisent les sabbats,

Amour, tu m'apparais aussi comme un beau pâtre
Dont rêve la fileuse assise auprès de l'âtre
Les soirs d'hiver dans la chaleur d'un sarment clair,

Et la fileuse c'est la Chair, et l'heure tinte
Où le rêve étreindra la rêveuse, — heure sainte
Ou non ! qu'importe à votre extase, Amour et Chair ?

Tout son art comme toute l'humanité de Verlaine sont
là. Et qu'on note comment, tout en faisant de son poëme
une sorte de vers unique par l'indiscontinuité de la phrase
rhythmique se déroulant, ardente et grave, il la ponctue,
ainsi que d'un point d'orgue, de quelqu'un de ces vers im-
menses, — tel le premier du premier tercet. — large assise d'où il semble que l'idée, résumée à son plus haut
période, rayonne sur l'ensemble architectural du monument dont l'unité se combine de retours d'idées modifiées
et de rappels harmoniques.

MODERNITÉ DE PAUL VERLAINE

En nul poëte plus sûrement qu'en celui-ci ne confluent

les deux grands courants qui de Gœthe et de Châteaubriand à nous emportent dans leur flot l'art moderne tout
entier. Parfois ces deux courants semblent se séparer —
jamais pour longtemps : il y a du mysticisme dans les
FÊTES GALANTES il y a du sensualisme dans SAGESSE. Et
c'est en l'union même de ces deux inspirations, que consiste la modernité de Verlaine. Les efforts contradictoires
de sa vie — vers la pureté et vers le plaisir — se coali-
sent en l'effort de sa pensée, quand sonne l'heure de lui
donner la forme artistique, avec une intensité qui le met
à part de tous les Modernes (à ce point de vue) et qu'il
doit sans doute à sa naïve énergie de vivre.

Comme lui, dans ce même siècle, un autre poëte avait
déjà daigné vivre. Venu de haut, dans des jours plus jeunes, amateur princier, il ne vit, lui aussi, dans la poésie
qu'un élément de vie, un moyen de joie, le charme de
s'abandonner aux nobles douceurs de ses mélancolies, aux
espérances de ses croyances, aux souvenirs de ses amours
et puis cette chose vitale encore : la gloire. Il enchanta le
monde qui se passionna aux fantaisies de roi d'Orient de
ce merveilleux poëte. Le sillage de ses fastueux voyages
est encore lumineux. Les jeunes gens qui miraient en son
génie toute leur douce violence et les femmes, vers qui
soufflait le bel encens des hymnes même les plus religieuses de Lamartine, ne lui marchandèrent ni les applau-
dissements ni les appels de leurs mains. Il signala son
passage dans le monde par des poëmes brillants, envolés
légers comme des oiseaux, et sa vie elle-même demeure
la tradition légendaire d'un merveilleux poëme, la seule

vie idéale de poëte heureux — sauf les tristes derniers
jours, aux mains besogneuses — qu'enregistre l'histoire
de la littérature française. — Eh bien, à ce poëte heureux
et fêté Verlaine, triste et méconnu, donne seul — si je
puis dire — la réplique dans cette comédie symétrique
du siècle : c'est la même âme en deux carrières orientées,
l'une vers le signe Vénus et l'autre vers le signe Saturne.
Lamartine commença par des hymnes évangéliques : il
devait s'en détourner plus tard vers le rationalisme. Verlaine devait continuer par les hymnes après avoir com-
mencé par un scepticisme de virtuose. Cette différence
comme toutes les autres, les dates l'expliqueraient : quand
Lamartine, vieillissant, penchait vers les doctrines, sinon
tout à fait ennemies, au moins très éloignées de ses premières ferveurs, c'est par la fatalité des dates que Verlaine, jeune alors, débutait dans l'insouci des crédos qu'il
devait réciter plus tard ? — Il lui fallait attendre, pour
parvenir au catholicisme, que fût accompli le demi-cycle
de négation que ne manque jamais de décrire l'esprit
humain quand il vient d'achever le demi-cycle d'affir-
mation. Tout de même : Lamartine, poëte insoucieux,
Verlaine, artiste scrupuleux, sont de 1820 et de 1880, —
j'allais dire : comme Lamartine glorieux et Verlaine presque obscur. Et, de fait, les bonheurs de l'un et les
malheurs de l'autre s'enchaînent encore aux contrastes
des deux époques. Comparez le cor éclatant d'*Hernani*
aux trompettes funèbres de l'*Année Terrible !* On était
joyeux en ce 1820, en ce 1830 : mais à présent, Banville
nous avertit que c'est bien fini de rire. Toute la généra-

tion qui a de quarante à cinquante ans aujourd'hui est saturnienne, — en dépit du rire même d'un Armand Silvestre dont les beaux vers désolés démentent la gaie et commerciale prose. Les *Jeunes-France*, à cette heure, seraient saturniens ; Verlaine, à leur heure, eût porté leur livrée de joie emphatique et de désespoir héroï-comique (1). — Lamartine et Verlaine ont surtout cette capitale ressemblance : tous deux touchés par les puretés et les douceurs, les blandices, dirait le poëte de Sagesse, de la religion chrétienne, les adorent avec les mêmes yeux enchantés des beautés humaines et tous deux sont les seuls (2) poëtes de ce siècle que l'idéal chrétien ait séduits, en chrétiens, épris ou tourmentés du dessein de « faire leur salut ». Si le mysticisme de l'un se meut plus volontiers et plus à l'aise dans plus de bleu tandis que le mysticisme de l'autre, assombri, se concentre plus amer et plus rouge, c'est encore aux deux contraires colorations du siècle, à son aube et à son déclin, qu'il faut attribuer ces divergences. Tous deux ont un très vif et très profond frisson de corporalité, pour tous deux le paradis est un jardin de bonheur humain ; mais Lamartine est pris surtout d'adoration devant les splendeurs de la beauté physique, il en voit surtout la mystérieuse puissance, tout est pour lui lumière, la femme est un *éclair vivant* :

(1) Voyez dans Jadis et Naguère le *dizain 1830* : « Je suis né romantique et j'eusse été fatal... »

(2) Sans oublier que Guiraud, Soumet, Reboul, Laprade, d'autres encore ont écrit, desquels ce n'est ni la sincérité, ni la bonne volonté que je mets en doute.

Verlaine est surtout pris de pitié, d'étonnement. Qu'on vive lui semble une merveille,

> Tant notre appareil est une fleur qui plie !

Et devant cet appareil, si faible et tant aimé, il médite :

> La tristesse, la langueur du corps humain
> M'attendrissent, me fléchisseut, m'apitoient.

Et toujours à propos des choses corporelles vous trouverez en lui cette même tristesse apitoyée, — sans jamais aucun dégoût. Tout ce qui est humain lui est sacré, mais il aime à plaindre ce qu'il adore, comme Lamartine à l'admirer. — A cette tristesse (et là est le point où ce « parallèle » devait nous conduire) Verlaine gagne *l'intensité*, que Lamartine n'a point. Du fond de ce grand sommeil noir qui tombe sur sa vie Verlaine, et par la disproportion même de son désir et de sa puissance — « ce douloureux aiguillon de l'homme moderne, (1) » — voit luire les soleils de la vie avec un bien autre éclat, bien autrement éblouissant que ne peut faire Lamartine du haut de sa perpétuelle aurore, Combien, de sa tristesse, elle peut sembler divine, « l'extase de la vie ordinaire, (2) » à un qui ne rêverait point d'autre félicité que la terre, telle qu'elle est, avec, du ciel, seulement les qualités éternelles !

Baudelaire, de qui Verlaine est bien plus près que de Lamartine pour les modernités morbides, a une égale intensité : or, différente comment ?

(1) Taine.
(2) Shelley.

Verlaine suppose Baudelaire. Si Baudelaire n'avait eu lieu, un chaînon manquerait à la spirituelle chaîne poétique et les raffinements de sentiment et d'expression de Verlaine apparaîtraient comme d'incompréhensibles anomalies : tandis qu'ils sont les héritiers — les seuls — des raffinements baudelairiens. — Mais une capitale différence gît en ce point : bien que Baudelaire ne s'intéresse aux choses de la liturgie catholique que pour lui emprunter quelques-unes de ses splendeurs de décor et de vocabulaire, il juge en cénobite — en mauvais moine, mais en moine sévère — les goûts et les vices du siècle : Verlaine, au contraire, épris de cette liturgie et de cette théologie avec une sincère piété, servant la messe et chantant aux offices, s'intéresse à ces goûts et se passionne pour ces vices avec l'indulgence et l'ardeur d'un homme du siècle. Il n'a pas les lèvres irrémissiblement serrées de Baudelaire ; elles se détendent volontiers, ces lèvres, pour un sourire, même pour un rire...

Monsieur le curé, ma chemise brûle... (1)

Jusqu'à son ardeur pour ces vices — et malgré un effort en lui de s'affranchir des lois de la nature — reste naturelle et se voudrait étrangère à l'idée du mal moral. Je reviens ici à cet idéal du bien dans le mal, dont j'ai parlé : une statue de la Madone dans une Sodome. C'est ainsi que les « grandes sœurs », les « lamentables victimes », les « femmes damnées » de Baudelaire deviennent les

(1) Jadis et naguère.

« *Amies* », — ces babioleuses ! — et les « deux enfants » des ROMANCES SANS PAROLES, les

> deux jeunes filles
> Eprises de rien et de tout étonnées
> Qui s'en vont pâlir sous les chastes charmilles
> Sans même savoir qu'elles sont *pardonnées*.

Les femmes damnées, Baudelaire les aime pour leur
damnation ; c'est lui, sadique et satanique, qui ne trouve
rien d'exquis et d'alléchant « s'il n'y frétille un peu de
pervers et d'immonde » (1) ; il ressemble à cette dame
des chroniques italiennes de Stendhal, laquelle s'écriait,
prenant en juillet un sorbet : « Quel dommage que ce ne
soit pas un péché ! » Verlaine, même dans la perversité,
quitte même à s'enivrer bientôt de la réalité immonde qui
est au fond, y veut voir quelque chose de tendre et de
pur où d'avance se consoler ; car une pitié indulgente
émane pour lui du mal qui excite la colère de Baudelaire
tout en le fascinant : Verlaine est à la fois plus chrétien
que ses grands aînés, le poëte-ange et le Satan-poëte. Et
chose étrange, explicite anecdote : c'est sous couleur de
fraîcheur, d'angélisme que le diabolisme de Baudelaire sé-
duisit Verlaine. Il avait seize ans, il achevait ses études
tout en composant des poëmes tels que le *Nocturne pa-
risien*, des POÈMES SATURNIENS et en lisant en cachette les
nouveaux livres de vers. Un jour, à la hâte, troublé par
la peur d'être surpris, il lut, dans l'ombre de son pupitre
entr'ouvert, sur la couverture d'un volume qui venait de

(1) SAGESSE.

paraître : FLEURS DE MAI, et, dans le volume, il rencontra ce vers *d'abord* :

> Résigne-toi, mon cœur, dors ton sommeil de brute.

Un peu de cette supercherie persiste à séduire Verlaine. Ce n'est pas pour lui que

> Le Printemps adorable a perdu son odeur.

Ah ! plutôt trouverait-il à l'hiver même une odeur de printemps, l'odeur de la vie éternellement en mai,

> L'odeur des corps jeunes et chers.

A la religion terrible elle-même il invente des tendresses ; sans lui rien enlever de sa force et de sa sublimité, il prête des grâces à la Grâce ; toute la vie serait pour lui une fête éternisée s'il y pouvait célébrer la réconciliation finale des sept péchés et des trois vertus théologales :

> Il va falloir qu'enfin se rejoignent les
> Sept Péchés aux Trois Vertus Théologales.

C'est le *Crimen amoris*, un poëme métaphysique, wagnérien quant à la forme, avec ce début où retentit tout un orchestre de cuivre :

> Dans un palais soie et or, dans Ecbatane,
> De beaux démons, des Satans adolescents,
> Au son d'une musique mahométane,
> Font litière aux Sept Péchés de leurs cinq sens.

Et c'est la fête du Pire conviant le Mieux, la fête des Sept Péchés offrant enfin la paix aux Trois Vertus, la fête de l'Enfer demandant à se sacrifier pour l'Amour universel. C'est l'humanité implorant du Maître par trop surhumain de la Révélation le triomphe des commandements de Dieu par l'abrogation des commandements de la Chair. C'est le poëte las des infinies oscillations de ses pensées et de ses désirs et suppliant pour que ses désirs soient abolis puisqu'ils ne peuvent s'accorder avec ses pensées. — Mais tout à coup retentit un affreux coup de tonnerre et le poëme fait au poëte une réponse impitoyable :

On n'avait pas agréé le sacrifice...

Baudelaire n'a pensé jamais à ces choses. Sa chair ne parvint jamais à révolter son esprit contre l'éternelle antinomie du bien et du mal. Les fleurs qu'il a laissé germer dans son esprit, il les a cultivées avec un désintéressement d'artiste, en les jugeant, en les sachant les fleurs du mal, systématiquement, sans chercher à se donner le change, comme Verlaine. Rien de cet esprit systématique de Baudelaire, esprit infaillible mais qui brida la spontanéité du poëte, n'apparaît en Verlaine. Avec donc beaucoup plus de raffinements, il est beaucoup plus simple que Baudelaire, beaucoup plus homme, et beaucoup plus simplement homme : son intensité s'accompagne de simplicité.

Et c'est justement cette *simplicité* jointe à cette *intensité* qui lui a permis, avec sa vie pour seule direction, d'aller si loin dans l'âme moderne.

Car ils se trompent, ceux qui disent, feuilletant cette œuvre d'esprit et de sang écrite selon les accidents d'une vie ordinaire et tourmentée : « Ce sont les mémoires d'un homme dont l'histoire ne m'intéresse pas. » Ils se trom-

pent, car cette histoire, c'est *notre* Vie. — Parce que
l'homme, en Verlaine, est une exaltation, une exaspéra-
tion de l'homme moderne, il a pu, sans consulter d'autres
documents que ceux de sa propre destinée, accomplir
le monument d'une œuvre personnelle à nous tous et qui
le héros disparu, ira s'objectivant de plus en plus et lais-
sera l'écho du plus profond gémissement de la moderne
àme humaine. Mais il lui a fallu toute cette intensité
précisément et toute cette simplicité pour parvenir sûrement à cette belle fin. N'ayant que ses passions pour ma-
tière de son art, plus factice et plus lâche il n'eût, comme
la plupart de nos poëtes français, accumulé que des ruines
sans unité d'ensemble : son instinct vital l'a sauvé,
l'Instinct triomphant qui n'a pas seulement soumis l'Intelligence, mais qui par un miracle se l'est assimilée, se spi-
ritualisant vers elle, la matérialisant vers lui, *réalisant*
(au sens étymologique du mot) l'idéal, et puis, pour le
conquérir, *s'ingéniant* sans laisser jamais l'imagination
se prendre à d'autres mirages que ceux de la vie elle-même,
tels qu'ils sont peints par le hasard sur le rideau de nos
désirs. Contre cette loi le poëte n'est pas sans s'être re-
bellé, mais en somme il la subit et le drame de sa vie lui
a fait la douloureuse atmosphère nécessaire au drame de
son œuvre, — le simple duel du rêve et de la vie, de
l'esprit et de la chair. Comment le vivant champ-clos de
ce duel souffre ou jouit des successives victoires des deux
adversaires, — c'est-à-dire quelle est la vérité profonde
des sensations modernes, de quelle sorte le mysticisme et le sensualisme se partagent, en ce temps, les

âmes que les horizons de la pure pensée n'ont pas défi-
nitivement conquises : questions auxquelles aura répondu
seul Paul Verlaine.

P.-S.

Ces lignes allaient être publiées et voici que les devancent
deux livres nouveaux du poëte, — AMOUR, deuxième
partie de cette trilogie : SAGESSE, AMOUR, BONHEUR, à
la fois vraiment nouveau livre, et incontestablement mar-
qué de sa signature, et digne de SAGESSE, — et PARALLÈ-
LEMENT. Avec joie j'en signale de mon admiration les
beautés et j'essaie d'en spécifier les caractéristiques.

Un rapprochement d'AMOUR avec SAGESSE s'imposerait
donc : c'est presque la même œuvre, née — sous les
altérations de la vie — d'une même orientation d'âme
et, comme son aînée, soumise à la maîtrise des passions
et des « accidents ». Le poëte n'a pas vieilli, d'autres
malheurs n'ont pas alenti l'homme rapide, assagi l'immortel enfant et le mystique et le sensuel que nous savons n'ont
pas varié. Ce sont toujours les mêmes bras pieux levés
vers le même ciel chrétien dans toujours le même désir
d'oublier

> Tous les vains appétits, et la soif et la faim,
> Et l'amour sensuel, cette chose cruelle,
> Et la haine encor plus cruelle et sensuelle.

C'est toujours cette tendresse filiale du pécheur selon
l'humanité pour sa mère selon la Grâce et qui, du soin de

son salut, ne s'en fie qu'à elle et, poëte, voudrait mettre
son cœur avec son âme

> Dans un beau cantique à la Sainte Vierge Marie.

Et c'est toujours aussi pour le sang de la même blessure
d'amour ancien, pour le sang jamais tari, pour la blessure
jamais guérie, pour l'amour jamais fini qu'il cherche une
douceur ou de l'oubli tantôt dans le rêve qui absout et
tantôt dans la pensée — d'une mort douce et chaste

> Dont le cygne et l'aigle encor seront jaloux,
> Dans l'honneur vainqueur malgré ce *vous* néfaste,
> Dans la gloire aussi des Illustres Epoux !

Dans la conduite même et la tenue des deux livres il y
a des correspondances harmoniques. La Théologie a
moins de part, dans AMOUR, que l'Amour ; dans SAGESSE
c'était tout au contraire. Mais ici et là Théologie et
Amour font tout le livre, — sauf cette part de sacre, ici
et là, et de consécration de gloire qu'assume le poëte, — à
très bon droit : car, poëte de la vie, par de tels lyriques
saluts au prince Napoléon, mort en soldat (SAGESSE), à
Louis II de Bavière, mort en roi (AMOUR), il accomplit sa
destinée vitale de décerner l'honneur — ou la honte (voir
le *Sonnet Héroïque,* dicté aux temps futurs qui l'ont
ratifié) à qui fait parler de soi, dans le monde, pour des
crimes ou des exploits.

Les deux livres ont encore cette précieuse ressemblance
du goût délicieux de la langue où ils sont écrits, — cette
langue si sûrement dans le génie de notre langue jusqu'en
d'apparentes légèretés, langue naïve, toute compliquée

que l'estiment de premiers regards, si souple, si propre, dédaigneuse des grands jeux et qui parvient à effet malgré des allures d'insouciance, cette langue merveilleuse qu' « épluchait » « au sein d'une revue grave », un critique à demi bien intentionné et parfaitement incompétent.

Enfin l'un et l'autre livres sont bien dans la bonne tradition verlainienne et il n'y a pas à choisir entr'eux, car SAGESSE est un plus *grand* livre, mais AMOUR est un livre plus intime.

Comme on l'a vu dans l'étude qui précède, de par la fatalité d'un tempérament personnel, si terriblement, c'est de plus en plus à soi-même, à soi seul, à son type particulier d'homme moderne que doit aboutir Verlaine, parti, dans ce voyage de poëte, d'assez indifférentes et générales initiations. C'est au curieux spectacle de cette arrivée à *soi* que nous fait assister le nouveau livre. L'atmosphère semble se faire si rare qu'on croirait manquer d'air : c'est que toujours davantage le poëte s'isole, se défend de tout souffle étranger et c'est seulement qu'il faut s'accoutumer à l'atmosphère naturelle du maître — atmosphère, d'ailleurs (violente et si douce !), où chacun reconnaîtrait les éléments exaltés de sa propre atmosphère.

Sauf de certains soucis généraux d'humanité, de religion, de patrie, c'est de sa vie propre, de ses malheurs, de ses espérances, de ses « circonstances » intimes que le poëte est occupé, — les accentuant, sans y songer, jusqu'au symbole de toute autre destinée. Dans son livre les noms propres indifféremment obscurs ou célèbres, prennent un sens nouveau, — capitales précises du pays précis où cet homme-ci s'agite.

A ce point de vue, le long poëme — fait de vingt-quatre poëmes — le *Lucien Létinois* est une chose unique, inouïe dans toutes les littératures. Le poëte anglais, très exquis, Tennyson, a écrit l'*In memoriam*, beaux vers fleuris aussi sur une tombe, mais combien moins courageusement, personnels, confidentiels que ceux-ci ! Et quoi de plus humain, — humain jusqu'au mépris, croirait-on, des poétiques traditionnelles, — que ce soin d'ouvrir le sanctuaire de l'œuvre au souvenir d'une humble destinée, naturellement inconnue ? En soi, cette figure, pour très douce et très bonne et très pure qu'elle puisse être, n'est rien : c'est une des mille telles figures qui traversent la vie. Mais le poëte y voulut incarner son rêve de bonheur simple et à ce rêve elle emprunte un grand sens, car, grâce à cette condition d'avoir été aimée, elle entre dans l'âme même du poëte, dans son monde poétique, lequel n'est rien autre chose que, tel quel, son monde sentimental. — Pour ce qui est du sentiment même inspiré au poëte par l'âme simple dont ses vers éternisent le souvenir, nous pourrions l'expliquer sans peine et y saisir, une fois de plus, la qualité de l'homme en Verlaine, — nécessairement las de tout tempérament trop personnellement existant et auquel il faudrait par trop de longueurs et aux dépens de soi-même s'enseigner, nécessairement épris des âmes initiales, étrangères aux inventions humaines qui ont dépravé la nature, très près de la terre verte et rouge, très réluctantes à l'aspect conventionnel des villes, très intactes et vierges comme les jeunes filles — sans rien du dégoûtant ennui qui se lève, pour l'homme, des ignorances féminines. — Mais ces analyses ne sont point du domaine littéraire.

Entre Sagesse et Amour encore cette grande différence : j'ai indiqué la composition de Sagesse, livre construit un peu comme les grands édifices catholiques et gothiques du Moyen-Age ; — rien de tel dans Amour. La vie absorbe tout, l'art se cache, l'art s'impose à la vie. Les vers du poëte ne se rhythment plus qu'aux battements du cœur de l'homme, rarement calme, rarement sans quelque fièvre.

Peut-être le mysticisme en souffre-t-il un peu. Depuis Sagesse le flot de la vie a monté...

L'art, du moins, — lisez ! — n'y perd rien. Autrement que Sagesse, Amour est beau, — et bienfaisant en ce temps où, si vous cherchiez un livre à lui comparer, vous chercheriez en vain. — Et comme Sagesse était dédié à la mère du poëte, Amour est dédié à son fils, dignement. Et les beaux vers de cette dédicace ! Les fiers, les nobles vers ! D'avant ou d'après, quelle triomphante réponse à toute insinuation perfide !

> Ce livre ira vers toi comme celui d'Ovide
>   S'en alla vers la Ville.
> Il fut chassé de Rome, un coup bien plus perfide
>   Loin de mon fils m'exile.
>
> Te reverrai-je ? et quel ? Mais quoi ? moi mort ou non,
>   Voici mon testament :
> Crains Dieu, ne hais personne et porte bien ton nom
>   Qui fut porté dûment.

Je n'ai plus à expliquer une admiration que je puis dé-
clarer avec bonheur, en ayant si largement déduit les rai-
sons. Sans commentaires donc et sans plus d'insistance, je
note quelles sont, à mon sens, les plus belles pages de ce
livre très beau. Le *Lucien Létinois*, d'abord, où il faut
tout aimer, et surtout les poëmes II, III, IV, VII, X, XII,
XIII, XV, XXIII, XXIV, et encore une fois enfin tout, comme une des plus étonnantes merveilles *littéraires* — et
que ce mot dit mal ! — qui soient.

Pas loin d'être aussi adorables : *Prière du Matin,
Bouquet à Marië, Bournemonth*, où de tels vers :

> Bruit immense et bien doux que le long bois écoute !
> La musique n'est pas plus belle. Cela vient
> Lentement sur la mer qui chante et frémit toute
> Comme sous une armée au pas sonne une route
> Dans l'écho qu'un combat d'avant-garde retient.

*There, Un Veuf parle, Il parle encore, A Louis II
de Bavière, Angelus de midi, Pensée du soir* et *Paysages*. Parmi les sonnets, je ne dois pas oser compter le
trop glorieux et pourtant si beau salut que l'amitié du
poëte m'adressa. Mais les sonnets *A Charles de Sivry,
A Edmond Thomas, A Maurice du Plessys*, avec les
trois ballades et *Gais et Contents* sont, — tristes, ou seulement mélancoliques, ou presque gaies, — des merveilles.

Tout autre livre est ce PARALLÈLEMENT que *Pauvre
Lélian* (1) annonçait, tout autre que SAGESSE ou AMOUR.
PARALLÈLEMENT est un livre de violence et de péché, — de
gaîté parfois aussi, de jeunesse toujours, de beauté pres-

____

(1) *Poètes Maudits*.

que toujours. D'aucuns et inépuisables désirs, rancœurs et toujours nouvelles faims, le poëte ici laisse fleurir ses amours et ses haines sensuelles, et jamais la vie des vers n'aura eu plus puissante, plus audacieuse, plus naturelle et, je dis bien, plus généreuse floraison.

Je suis toutefois un peu embarrassé pour parler d'un livre qui, pris seul et en soi, n'a pas tout son sens. Il faudrait le lire sous la même couverture que Bonheur où mourra ce cri de la chair « parmi la voix terrible de l'amour ». Car, dans cette œuvre un peu composite mais très composée, le livre nouveau s'inscrit comme un vers dans un poëme et se complète par les livres qui l'ont précédé comme par ceux qui le suivront. Il est sensuel ainsi d'abord par de profonds motifs de vérité humaine et artistique — et ce n'est qu'une seule et même vérité avec ce poëte — et puis afin, par un contraste, d'aiguiser, d'exalter le mysticisme d'Amour et de Bonheur. Ces trois livres n'en font qu'un, avec Sagesse pour magnifique prologue.

Je ne puis, d'autre part, car il faut finir, consacrer à Parallèlement l'étude complète qui s'indique. Puissent les pages qu'on vient de lire avoir déterminé suffisamment la spirituelle orientation nécessaire à qui prétend bien entendre Verlaine. On trouvera ici tous les procédés dont il a coutume, avec une accentuation particulière de sa simplicité soit dans le gai, soit dans le sinistre, genres dont ses premiers essais datent de Jadis et Naguère (*Un Pouacre, Pantoum négligé*). Ces deux notes résonnent les plus fréquentes au cours du livre ; c'est rarement que le ton s'élève jusqu'à l'effarante beauté du poëme intitulé *Sodome* :

Ces passions qu'eux seuls nomment encore amours
Sont des amours aussi, tendres et furieuses,
Avec des particularités curieuses
Que n'ont pas les amours, certes, de tous les jours...

Cette sorte d'héroïsme dans le combat du poëte

Pour l'affranchissement de la lourde nature,

se mêle, dans *Lœti et Errabundi*, avec les plaisanteries
d'un Villon, l'égal de l'autre et son jumeau, qui se trahit
en cent endroits du livre, qui ressuscite tout entier en
des ballades charmantes et plaisantes et seulement se
laisse aller à plus de franche sincérité aux ressouvenirs et
aux rappels de la chair en fête.

Une observation sur ce point. Les gens à principes,
Prudhommes de tous âges, pédants, graves et qui ne se
plaisent qu'en de l'ennui — à l'actif comme au passif —
ne manqueront pas d'accuser « d'immoralité » le poëte
de PARALLÈLEMENT. D'avance il n'en a cure et ne répon-
dra pas. Nous répondons ceci pour lui : La réelle immoralité, l'impardonnable et l'unique, c'est la tristesse, le
découragement de vivre. Ceux-là seuls sont livres indé-
cents et immoraux dont les lecteurs se sentent l'âme ap-
pesantie par un dégoût de jouir de leurs naturelles facul-
tés physiques et spirituelles : la misère, la tristesse, la
maladie et la mort, voilà le mal. Tout ce qui est la vie,
tout ce qui excite en nous un désir de vivre, un besoin
d'expansion est sain, partant moral. La doctrine de Scho-
penhauer et quelques romans de M. Zola, par exemple
La Terre, sont immoraux.

Si les lecteurs de PARALLÈLEMENT quittent ce livre sans se sentir dans l'âme l'épanouissement d'un rajeunissement, qu'ils condamnent l'auteur.

CHARLES MORICE.